KB125398

아쿠아리움

이정수 지음

작가의 말

　세상에 다양한 이야기가 있다. 천사 같은 사람이 계속 천사로 사는 이야기가 있고, 악마 같은 사람이 계속 악마로 사는 이야기도 있다. 조금 더 비틀면, 천사 같은 사람이 악마가 되는 이야기, 악마 같은 사람이 천사가 되는 이야기. 여기서 더 꼬아서 설정하면, 천사 같은 사람이 악마가 되는 줄 알았더니 여전히 천사로 남는 이야기가 있고, 반대로 악마 같은 사람이 천사가 되는 줄 알았더니 여전히 악마로 남는 이야기가 있다. 이 몇 가지 이야기 중에서 가장 비현실적인 이야기가 무엇인지에 대해서 생각한 적이 있다. 그리고 결론은 천사 같은 사람이 계속 천사로 살고, 이에 덧붙여 다양한 방식으로 보상을 받게 되는 이야기, '흥부와 놀부'처럼 유토피아를 지향하는 이야기가 가장 비현실적인 이야기라는 것이 결론이었다. 물론 선하기에 복을 얻는 경우가 있지만, 드문 경우라는 것이 우리 '사회의 풍경화'이고, 이 풍경화가 바로 작가로서 생각하는 '이야기'의 본질이다. '디스토피아'. 고로 이야기에서 유토피아를 다루는 것도 디스토피아를 보여주는 또 다른 방식이라고 생각한다. 그것도 가장 잔혹한 디스토피아. 이야기에서 유토피아를 말하는 것은 지독한 디스토피아만 양산할 뿐, 절대로 유토피아를 불러오지 않는다. 이런 사고를 중심으로 소설과 희곡 등 집필하는 모든 이야기에서 디스토피아를 다룬다. 그리고 이런 작품 방향은 역설적이지만 독자에 대한 '위로'를 향한다. '적어도 이야기 속 인물보다 독자의 삶이 더 낫지 않느냐'는 위로. 자조적이지만 심오하고, 심심한 위로의 방식이 아닐 수 없다.

[아쿠아리움]도 마찬가지로 디스토피아를 담은 이야기다.

이따금 세계에서 벌어지는 사건들에 대하여 주목할 때도 있지만, 돌이켜보면 정말 '이따금' 주목하고 있다는 것을 깨닫는다. 지구 반대편은 고사하고, 가까운 곳으로는 아시아, 더 가까운 곳으로는 같은 나라, 조금 더 가깝게는 같은 지역사회에서 벌어지고 있는 문제에 대해서도 더하지도 덜하지도 않게 딱 '이따금'만큼만 주목하는 게 현실이다. 그도 그럴 것이 모든 사건을 주목하는 삶만큼 번거로운 삶이 또 어디에 있을까. 우리는 타인에게 많은 관심을 보이는 것처럼 보일지 몰라도, 실상 개인이 직면한 문제 앞에서 타인이 마주한 고통에 무관심해지는 것이 본성이라고 생각한다.

책 속 이야기에서 전개되는 팬데믹의 과정과 도심 한복판에서 벌어지는 비행기 추락 사고가 현실에서 벌어진다면 경악을 금치 못할 사건이다. 하지만 이런 사건이 소설 속에서만 벌어지는 것이 아니라는 것을 모두 알고 있다. 현실에서도 소설과 경계를 구분할 수 없을 다양한 사건들, 생사를 가르는 사건들이 벌어지고 있다. 하지만 사건의 당사자를 제외하고는 언제 그랬냐는 듯 자신의 일상을 따르는 것이 사람이고, 사회적으로 사건의 피해자에 대하여 애도의 분위기를 자아내도 으레 분위기만 따를 뿐 진심으로 애도하지 않는 것도 사람이며, 심지어 귀찮은 문제로 치부하는 것도, 결국 '사람'

이다. 이렇듯 우리가 지닌, 그리고 우리가 외면하고, 침묵하는 '사람의 면모'를 심심치 않게 마주한 경험을 바탕으로 [아쿠아리움]을 구상했다.

이야기 속에 다양한 인물이 등장하지만 영웅의 면모를 지닌 사람이나, 극 중 세계의 운명을 좌우할 인물은 등장하지 않는다. 등장인물 모두 평범이라는 단어 앞에 개성을 내세울 수 없을 만큼 평이한 성격을 부여하였으며, 주변에서 쉽사리 마주할 수 있는 성격으로 인물을 그렸다. 평범한 사람. 거대한 사건 마주한 평범한 사람들의 평범한 반응을 [아쿠아리움]이라는 활자뿐인 '사회의 풍경화'에 담았다.

아무 소리 없는, 적막한 세계에 대한 풍경화, [아쿠아리움].

이 모든 이야기가 향하는 곳은, 작가의 애정 어린 심심한 위로라는 것을 마지막 페이지를 넘기는 순간까지 잊지 않기를 바라며 글을 마친다.

목차

case1. 이상하리만치 침착하게

1.

"붕어야?"

내가 말하는 것을 한참을 바라보던 수현이가 한다는 말이 고작 붕어냐는 질문이었다.

"뭐?"

그녀는 눈물을 글썽이며 애써 감정을 억누르고는.

"날 놀리는 거야? 왜 입만 뻥긋거려?"

수현이는 눈물을 닦으며 화장실로 향했다. 자리를 벗어나는 그녀를 보며 당혹스럽고 당황스러우며 또 황당한 상황에 마음이 혼란스러웠다. 그러며 방금까지 수현이와 무슨 대화를 나누었는지에 대하여 가만히 되짚어보았다. 콜센터에 근무하며 종일 전화에 시달렸던 수현이는 고객에게 '미친년'이라는 욕과 '못 배운 년'이라는 말을 들었다고 했다. 자신의 연인이 그런 수모를 겪었다는 것을 들은 사람이 이에 어떻게 침묵을 할 수 있겠는가. 이런 일은 그녀에게 비일비재한 일이었다. 그렇기에 그녀도 대수롭지 않게 넘기기 일쑤였다. 하지만 이따금 술에 취할 때, 혹은 가만히 창밖을 보다가 '일주일, 아니 단 하루만이라도 아무 소리도 들리지 않았으면 좋겠어.'라는 말을 웃음기 없는 표정과 떨리는 목소리로 할 때면 그녀의 마음에 그 각지고 모진 말들이 생채기를 내고 있다는 사실을 상기시켜주고는 하였다. 그럼에도 불구하고 수현이는 평소에 자신에게 난 생채기에 대하여 침묵하기 일쑤였다. 그녀가 침묵을 하기에 나 또한 침묵했다. 괜히 물었다가는 긁어 부스럼을 만든다는 생각이 들어서였다. 다른 이유로 수현이가 침묵을 원하는 것 같아 침묵을 한 이유도 있다. 침묵은 지키되 가만히 안아주는 것이 나의 몫이라고 생각했다. 하지만 그날은 달랐다. 그녀 속에 수두룩한 생채기에서 진물이 나오기 시작한 것이다. 수현이는 그날 회사에서 겪은 일을 터놓으며 눈물을 글썽였다. 촉촉해진 그녀의 눈을 보니 가슴 속에서 불쑥 욕이 튀어나왔다.

"뭐 그런 못 배운 미친년이 다 있냐."

오랜만에 욕이라는 것을 하니 시원한 감이 들었다. 묵은 똥을 쏟아낸 기분. 이 기분과 수현이에 대한 안타까움은 그녀에게 욕을 한 사람에 대한 분노에 그치지 않고 그녀에게 모진 말을 한 사람의 주변인과 그녀를 지켜주지 못한 그녀의 동료들과 팀장, 나아가 그녀가 대변하는 기업, 이어 감정노동자의 처우 개선에 힘을 쏟지 않는 고용노동부까지. 여러 과녁을 향해 욕을 쏟아 내기 시작했다. 한참을 욕을 하고 나니 주변에서 날아오는 시선이 느껴졌다. 나의 된소리 가득한 악다구니가 불편했는지 카페 안의 다른 손님들이 힐끔힐끔 우리 쪽을 보기 시작한 것이었다. 카페의 직원과 눈이 마주쳤다. 어색한 기류. 나는 그에게 죄송하다는 의미로 정중히 목례를 했다. 직원은 애써 웃고는 다음 손님을 맞았다. 목례의 의미는 직원의 표정에서 '손님, 죄송하지만 언성을 낮춰주세요.'라는 속뜻을 읽었기에. 그렇다. 언성이 높았던 것이었다. 그때 수현이가 말했다.

"붕어야?"

혼자 멀뚱히 앉아 창밖을 보며 수현이를 기다렸다. 휴대폰도 봤다가, 창밖도 봤다가, 카페에 있는 다른 손님들도 봤다가, 다시 창밖을 봤다. 창밖은 추위에 온몸을 싸맨 사람들이 걷고 있었고, 쉽사리 들어갈 수 없는 브랜드 매장의 정갈하고 고급스러운 디자인의 간판들과 가로등이 압구정의 대로를 수놓고 있었다. 가끔 꿈에서나 탈 수 있는 멋진 차들이 지나가며 눈요기가 되는 것 외에 특별할 것 없는 세계의 풍경이었다. 이 모든 것이 눈으로만 즐길 수 있는 풍경임을 깨닫고 다시 휴대폰을 보았다. SNS로 다른 사람의 삶을 훑어보다가 이렇게 엿보는 것이 무슨 의미가 있는가 싶어 뉴스를 보았다. 공석이 된 장관 자리에 누가 하마평에 오르내리는지는 관심사가 아닌지라 패스, 금리 어쩌고 하는 부분도 모르니까 패스, 다음으로 청각장애 환자가 세계적으로 늘어나고 있다는 뉴스가 눈에 들어왔다. 기자는 심각한 투로 기사를 썼지만 이를 읽으며 내심 무슨 말 같지도 않은 소리인가, 결국 다른 나라, 다른 사람 이야기니까 패스, 그렇게 패스를 거듭하며 유럽 축구 리그의 선수들이 대거 이적을 한다는 뉴스들을 진지하게 보다가 어느새 수현이 잔에 담겨 있던 음료가 다 식은 듯 김이 피어오르지 않았고 옆 테이블에는 다른 손님들이 앉았다. 장시간 자리를 비운 수현이에게 무슨 일이 있는 건지 걱정이 들어 연락을 해보려는 찰나, 화장실에서 수현이가 나왔다. 수현이는 잔뜩 겁에 질린 표정으로 자리에 앉아 떨리는 손으로 잔을 들었다.

"무슨 일이야?"

그녀에게 묻는 순간 옆에서 크게 '쾅'하는 소리가 났다. 카페 밖 대로에서 난 소리였다. 깜짝 놀라 곧바로 소리가 난 왼편 유리 너머 도로를 보았다. 교통사고였다. 이어 다른 차들도 연달아 사고가 나기 시작했다. 총 여섯 대의 차들이 추돌사고가 난 것이었다. 카페의 직원들과 손님들은 모두 창밖의 대로를 보았다. 몇몇은 카페 밖으로 나가 현장을 보았으며 이를 지켜보는 대부분의 사람들은 휴대폰을 들어 사고 현장을 촬영하기에 바빴다.

"많이 다쳤겠는데."

혼잣말을 하고 놀란 속을 쓸어내리며 다시 수현이를 보았다. 앞에는 더 놀라운 모습이 펼쳐져 있었다. 수현이는 이런 혼란 속에서 평온하게 커피를 마시고 있었다.

"괜찮아? 안 놀랐어?"

수현이는 태연하게 잔 속의 커피만 바라보았다.

"수현아. 괜찮아?"

여전히 수현이는 아무 대답 없이 태연하게 잔 속의 커피만 바라보았다.

"수현아?"

고개 숙인 수현이 눈앞에 손을 휘저어 보았다. 그리고는 놀란 듯 고개를 드는 수현이였다. 그녀는 평소보다 한껏 큰 소리로 말했다.

"나 아무 소리가 안 들려."

수현이의 뜬금없는 말에 살짝 짜증이 났다.

"뭐?"

수현이는 더 큰 소리로 말했다.
"나 지금 아무 소리가 안 들려!"

2.

그녀의 왼쪽 귓가에 엄지로 중지를 튕겨 소리를 내보았다. 수현이는 고개를 가로저었다. 오른쪽도 마찬가지였다.

"갑자기 그러는 거야?"

그녀는 눈살을 찌푸렸다. 안 들리는 것이다. 그래서 입 모양을 크게 보이며 되물었다. 그렇게 '고요 속의 외침'이 시작되었고 수현이는 나의 입 모양을 유심히 보고 문장을 유추했다.

"가까이... 귀여운... 여자?"

심각한 상황이라는 것을 알고 있었지만 나도 모르게 피식 웃음이 나왔다.

"어떻게 이 상황에 웃을 수 있어? 나는 심각해."
"미안해."

그녀는 휴대폰을 들어 보이며 키보드를 터치하는 시늉을 했다. 이어 묻고자 했던 질문을 했다.

'갑자기 이러는 거야?'
'아까 자기가 욕을 하면서부터였던 것 같아....'
'내가 욕을 해서 귀가... ㄲㅠ'
'나 어떻게...'

시간을 보니 시간은 자정이 다 되어가고 있었다.

'오늘은 늦었고 내일 병원에 가보자.'

카페에서 나오며 사고가 났던 현장을 보았다. 구급차와 견인차들이 사고 현장 주변을 둘러싸고 있었다. 그 틈으로 사고가 난 차들이 보였다. 평범한 직장인의 월급으로는 꿈도 꿀 수 없는 빨갛고, 노란색의 낮은 차들이 밟힌 캔처럼 형체를 알아보기 힘들 만큼 구겨져 있었고, 다른 차들도 본네트는 물론이고 범퍼도 떨어져 마치 껍데기가 손실된 터미네이터처럼 징그러운 몰골을 하고 있었다. 문제는 사람이었다. 터진 에어백을 비집고 차에서 내리는 피범벅이 된 사람, 충격으로 조수석 유리창을 뚫고 도로로 튀어 나간 사람, 이마에 흐르는 피를 손바닥으로 닦으며 잔뜩 다급한 목소리로 전화하는 사람, 쓰러져 있는 사람 옆에서 울음을 토해내고 있는 사람. 그중에 가장 눈에 띄는 사람은 이 사고의 차들의 선두에 근처를 배

회하고 있던 사람이었다. 그가 사고의 원인을 제공한 사람인지 누구인지는 알 수 없다. 다만 그가 가장 눈에 띈 이유는 양손으로 자신의 귀를 때리고 있었다는 것이었다. 거칠게 귀를 후비기도 반복하고 수영을 마친 후 귀에 들어간 물을 빼는 동작을 하는 사람처럼 귀를 바닥으로 향하게 두고 제자리에서 뛰기를 반복했다. 아주 신경질적으로. 걸음을 멈추고 그를 가만히 바라보았다.

"이상하지 않아?"

수현이는 대답을 하지 않았다. 그렇다. 그녀는 듣지 못했다. 이것은 익숙함에서 비롯된 실수였다. 그리고 수현이를 보았다. 그녀는 잔뜩 눈살을 찌푸린 채 귀를 매만지고 있었다.

"가자."

역시 대답 없는 그녀. 이것 또한 익숙함에서 비롯된 실수였다. 붙잡은 그녀의 손에 힘을 주어 신호를 하니 그제야 나를 보았다. 그리고는 다시 지하철역을 향해 걸음을 옮겼다. 걸으며 우리는 아무 말도 하지 않았다. 아무 말도 하지 않으니 서먹해진 연인 같다는 생각도 들었다. 하여 그녀의 손을 잡은 왼손이 아닌 오른손으로 휴대폰을 들어 메시지를 보냈다.

'스트레스 때문일 거야. 너무 걱정하지 마!'

그녀의 휴대폰에서 알람 소리가 울렸다. 하지만 휴대폰을 확인하지 않는 그녀였다. 그렇다. 그녀는 듣지 못했다. 이것 또한 익숙함에서 비롯된 실수였다. 다시 휴대폰을 꺼내 메모장 어플에 메시지와 같은 내용을 입력하여 그녀에게 보여 주었다. 그녀는 아랫입술을 베어 물더니 울음을 참으며 나를 바라보았다.

"이제 어떻게 해... 이렇게... 계속 못 들으면 어떻게 해...."
"괜찮아, 걱정하지 마. 스트레스 때문일 거야."
"정말 괜찮겠지?"

그녀의 대답에 놀라며 물었다.

"방금 내 말 들렸어?"

수현이는 나를 빤히 보며 잠시 뜸을 들이더니.

"방금 내 팔 들었냐고?"
"아니야."

그렇다. 좋다 말았다. 입 모양에서 문장을 유추했던 것이었다. 우리는 다시 걷기 시작했다. 수현이는 잔뜩 풀이 죽은 채 털레털레 걸었다. 그녀에게 무슨 말을 할 수가 없었다. 물론 그녀가 듣지 못하기에 아무 말도 해줄 수 없다는 것을 알았지만 다른 이유에서도 아무 말도 할 수가 없었다. 그녀가 겪고 있을 두려움을 온전히 이해하지 못할뿐더러 이 당황스럽고 황당한 상황을 어떻게 받아들여야 하는가에 나 스스로 정리가 안 되었기 때문이었다. 그렇기에 위로를 한다는 핑계로 어설픈 소리밖에 할 수 없을 것이고, 희망을 준답시고 구체적이지 않은 미래를 제시하며 희망 고문이나 할 뿐 어떤 긍정적인 상황을 불러올 수도 없을 것이다. 당장 할 수 있는 것이라고는 그녀의 손을 잡아주는 것이고, 들리지 않는 세계의 위협으로부터 보호해 주는 것이 최선이라는 생각을 하는 찰나. 언제 나타났는지 오토바이 하나가 우리 앞을 빠르게 지나가며 놀라게 했고, 우리는 갑작스러운 상황에 놀람의 대가로 뒤로 넘어져 엉덩방아를 찧었다. 순간적으로 나도 두려움에 휩싸였다. 내 귀도 멀었나. 하지만 이런 두려움은 순식간에 사라졌다.

"이 사람들이! 앞을 잘 살피고 다녀야지!"

오토바이 운전자는 악을 쓰며 우리에게 소리쳤다. 그렇게 청력을 잃는 것에 대한 두려움과 함께 그도 휭하니 사라졌다. 어안이 벙벙하여 그가 떠나간 자리를 바라보았다. 이어 심각한 표정으로 수현이가 말했다.

"오빠도 안 들려?"
"응?"
"오빠도 안 들리냐고."

"들려."

그렇다. 들렸다. 이런저런 생각에 자신도 모르게 귀를 닫았던 것이었다.

"괜찮아?"

"응, 괜찮아. 오빠는?"

"괜찮아."

우리 둘은 엉덩이를 털고 일어나며. 무슨 운전을 저렇게 험하게 하냐며 오토바이가 지나간 쪽으로 노려보았다. 오토바이는 교차로의 좁은 도로를 통해 사라졌다. 순식간에 벌어진 일에 심장이 놀랐는지 당최 진정될 기미가 보이지 않았다. 이는 오토바이 때문만은 아니었다. 오토바이가 사라진 좁은 도로에 있는 몇몇 사람들 틈으로 아저씨 한 분이 보였기 때문이다. 귀를 거칠게 후비기도 하고, 귀를 바닥으로 향한 채 제자리에서 뛰는 행동을 하는, 이내 자신의 양쪽 귀를 번갈아 때리는, 카페 앞 사고 현장에서 보았던 이상한 행동을 했던 사람과 똑같은 행동을 하는 아저씨를. 그리고는 다시 수현이를 보았다. 들리지 않는 답답함에 양쪽 눈살을 번갈아 찌푸리며 귀와 가까운 얼굴 근육들을 잔뜩 구겼다 펴는 행동을 하며 귓구멍 앞 볼록한 살을 수시로 눌러보는 수현이를. 카페에서 보았던 뉴스가 떠올랐다. 전 세계에 청각장애 환자가 늘어나고 있다는 뉴스. 우연의 일치이겠거니. 역사적으로 귀가 안 들리는 것이 전염병으로 퍼졌던 사례가 없지 않은가. 전염병이라면 보통 호흡기나 피부와 관련된 것이지 귀가 멀었던 사례는 없지 않나. 우연의 일치이겠거니, 하며 놀란 가슴을 진정시키려 했지만, 이는 쉽사리 가라앉지 않았다. 지하철역에 도착할 때까지.

"오빠, 괜찮아?"

승강장 의자에 앉아 내내 심각한 표정을 짓고 있던 내가 걱정되었는지 수현이가 물었다. 오히려 내가 그녀에게 해야 마땅한 말을 역으로 들으니 부끄러웠다.

"응, 왜?"
"얼굴이 안 좋아."
"아냐, 괜찮아. 너는?"

대답은 하지 않고 심각한 표정으로 나를 지그시 바라보는 수현이였다. 지하철을 기다리며 휴대폰 메시지로 대화를 주고받았다. 그녀는 당장 들리지 않는 것에 대하여 두렵다는 메시지를 보내왔고, 나는 괜찮을 거라며 다독이기를 반복했다. 이어 수현이는 자신이 너무 간절하게 빌었던 소원이 이루어지니 신기하다고 했다. 그렇다. 수현이는 일주일, 아니 단 하루만이라도 아무 소리도 듣지 않기를 바라고, 또 바랐다. 하지만 막상 그 소원이 이루어지니 감당하기 힘든 두려움과 불안으로 다가왔다.

'이게 소원이라면 짧으면 하루, 길면 일주일이면 끝날 거야. 걱

정하지 마.'

  '정말 그랬으면 좋겠어. 내일 출근은 어떻게 하지...'

  '쉬어야지.'

  '쉬게 둘까?'

  '그럼 어떻게 일하려고?'

  '그러게.'

  '그런 못 배운 미친년들을 상대해야 하는 곳 말고 더 좋은 곳을 알아보자.'

  'ㅋㅋㅋ 그래야겠어. 이상해 귀에 뭐가 들어간 것 같아. 가려워.'

  이어 답장을 보내려는 순간 지하철이 들어오는 소리가 났다. 습관적으로 가방을 들고 자리에서 일어났다. 수현이는 자리에 앉아 휴대폰을 바라보고 있었다. 그녀의 어깨에 손을 얹어 지하철이 왔음을 알려 주었다. 늦은 시각 지하철인지라 좌석이 여유가 많았다. 자리를 잡고 탑승한 문 쪽을 보고 앉아 지하철 창문 밖을 보았다. 같이 지하철을 기다렸던 사람들 대부분이 우리와 함께 탑승을 했지만 타지 않은 사람들이 눈에 들어왔다. 한 학생은 이어폰을 꽂은 채 영상을 보고 있었고, 한 아저씨는 술에 취한 탓인지 의자에 누워 잠을 자고 있었다. 그리고 우리와 함께 지하철 승강장으로 내려오는 에스컬레이터를 탔던 아주머니는 의자에 앉아 하루가 고단하셨던 탓인지 다리를 주무르고 계셨다. 지하철의 문이 닫히는 순간까지 다리를 주무르고 계셨다. 이윽고 지하철은 출발했다. 지하철이 움직이며 아주머니의 옆모습을 보았다. 아주머니의 귀에는 아무것도 꽂혀있지 않았다. 이상했다. 내가 예민해진 탓일까. 아주머니가 시야에서 사라지고 다시 수현이를 보았다. 수현이는 휴대폰 화면에 메시지 창을 띄워놓고 무언가를 쓰고 지우기를 반복했다. 회사 팀장에게 보내는 메시지. 팀장님, 저 귀에 문제가 생겨서, 까지 썼다가 지우고, 팀장님, 저 내일 출근이 힘들 것 같아요, 까지 썼다가 지우고. 답답함에 수현이의 휴대폰으로 메시지를 보냈다. 팀장님, 저 몸이 안 좋아서 당분간 출근 못 할 것 같아요, 라고. 수현이는 메시지를 확인하더니 나를 물끄러미 바라보았다. 그리고는 미간을 구기며 답장을 했다.

'당분간?'

수현이는 나를 노려보았다.

'오늘 하루만 이런 거일 수도 있잖아. 일시적으로.'

라고 메시지를 추가로 보냈다.

'네 귀가 언제 돌아올지 장담할 수 없잖아.'

답장을 보내니 수현이는 가만히 나를 노려보더니 이내 눈가가 일렁이기 시작했다.
"아니, 내 말은."

답답함에 입을 열자 수현이는 신경질적으로 소리쳤다.

"안 들린다고! 말하지 마!"

그리고는 휴대폰을 보이며 메시지로 보내라는 시늉을 했다. 그녀의 말과 행동에 같은 칸에 타고 있는 사람들의 시선이 느껴졌다. 볼이 붉어지고 있음이 느껴졌다. 침묵하겠다는 제스처로 입술을 말고 휴대폰의 메시지 창을 띄웠다.

'미안해.'
'나도 미안해. 나도 모르게... 나 너무 무서워.'
'괜찮아질 거야. 걱정하지 마.'

다시 내가 그녀를 위해 해 줄 수 있는 것 중 최선이라고 생각하는 것. 그녀의 손을 꼭 잡아주었다. 그 사이 지하철이 멈춰 섰다. 번화가에 위치한 역인지라 사람들이 꽤 많이 기다리고 있었다. 지하철 승강장에서 버스킹 공연이라도 하는지 무언가를 빙 두른 채 거리를 두고 있었다. 지하철이 문이 열리자 사람들이 다급하게 지하철에 오르기 시작했다. 어수선한 주변을 무의식적으로 훑어보는 중 지하철에 오르는 승객들 틈으로 승강장이 보였다. 다시 심장이 뛰기 시작했다. 그곳에도 신경질적으로 귀를 후비며 이어 손바닥으로 양쪽 귀를 때리는 초록 모자를 쓴 할아버지가 보였다. 똑같은 행동을 하는 사람을 하루에 몇 번이나 보는 것이 우연일까. 다시 수현이를 보았다. 수현이는 어수선한 상황에서도 침착하게 휴대폰을 보고 있었다. 다시 승강장을 보았다. 내가 잘못 본 것일까. 초록 모자의 할아버지를 다시 보았다. 그의 양쪽 귀에서는 피가 흐르고 있었고 할아버지는 고통에 몸부림치듯 귀를 때리고 있었다. 왼쪽과 오른쪽의 눈을 번갈아 찌푸리는 표정은 악령에 홀린 사람처럼 기괴했다. 지하철 문이 닫히는 것을 확인한 초록 모자의 할아버지는 기괴한 걸음과 표정으로 문을 향해 달려왔다. 지하철 안은 아수라장이라도 된 듯 여기저기 비명이 터져 나왔고 몇몇 남자들은 초록 모자의 할아버지가 지하철에 오르면 때리기라도 할 기세로 주먹을 말아 쥐었다. 좀비 영화의 한 장면 같았다. 문은 할아버지의 코앞에서 매정하게 닫혀 버렸다. 여기저기서 안도의 한숨이 들려왔고 주먹을 휘두르려 했던 남자들은 닫혀버린 문을 향해 잔뜩 욕을 하거나, 긴장이 풀렸는지 양 무릎에 손을 얹어 지친 기색을 했다. 문 너머의 할아버지는 잔뜩 화난 얼굴로 지하철의 문을 두드렸고 이 소리에 놀란 몇 명은 짧은 비명을 질렀다. 사람들은 문 너머의 할아버지가 혐오스럽다는 듯 그를 바라보며 웅성거렸다. 사람들 틈으로 다시 문 너머의 그를 보았다. 그는 자신의 뺨을 얼마나 세게 때린 것인지 양 볼이 빨갛게 달아올라 있었고, 귀에서는 붉은 피가 흐르고 있었다. 영락없이 좀비 영화의 한 장면 같았다. 지하철에 오른 사람들은 탑승문을 중심으로 반원을 그리며 그에게서 거리를 두었다. 상황으로 보면 우리가 오른 지하철은 곧장 부산을 향해 달려야 하는 기차 같았다. 부산행. 하지만 이 지하철은 2호선으로 순환선이다. 영화는 영화일 뿐. 문 너머의 그가 정말 좀비였다면 우리는 내리지도 못하고 이 안에서 권력투쟁을 벌이다 아사하거나 모든 것을 포기하고 감염의 길을 선택할 것이다.

"저 사람 왜 저래."
"미쳤나 봐."
"아까부터 저러고 있었어."
"싸이코 아니야?"

모든 사람이 가슴을 쓸어내리는 찰나, 다시 요란한 비명이 들렸다. 비명을 지른 여성의 시선은 나와 수현이를 향해 있었다. 사람들은 나와 수현이가 앉아있는 좌석을 중심으로 지하철 벽과 통로 입구에 강한 인력이라도 있는 듯 거대한 반원을 그리며 겁에 질린 표정을 지었다. 나는 잔뜩 짜증 섞인 말투로 그들을 훑어보며 물었다.

"왜 그러세요?"

사람들은 떨리는 손으로 수현이를 가리켰다. 그들의 손끝을 따라 수현이를 보았다. 수현이는 잔뜩 얼굴을 구기며 왼쪽 귀를 후비고 있었고, 귀에서는 피가 흐르고 있었다.

"수현아!"

수현이는 들을 수 없었다. 하여 그녀가 귀를 후비는 왼손을 거칠게 붙잡았다.

"왜 그래!"

수현이는 놀란 듯 나를 바라보았다. 그리고는 자신을 혐오스럽다는 듯 바라보는 지하철 안의 사람들을 천천히 훑어보았다. 시선이 움직이는 동안 그녀의 표정은 점차 공포에 질려갔다. 몇몇 사람들은 휴대폰을 들어 이 모든 광경을 촬영하기 시작했다. 나는 다급하게 외투를 벗어 수현이를 가리고는 거칠게 소리쳤다.

"뭐 하시는 거예요! 왜 촬영을 해요!"

사람들이 웅성거리기 시작했다.

"구경났어?"

걸음을 여기저기 옮길 때마다 사람들은 겁에 질린 듯 뒷걸음질을 했다. 소동이 이어지며 지하철은 다음 승강장에 들어섰다. 지하철이 멈추자마자 나는 수현이를 부축하여 지하철 문을 향했다. 지하철에서 내리는 일련의 과정에서 우리 앞을 둘러쌌던 인파들은 엄청난 속도로 갈라졌다. 모세가 갈랐던 홍해의 물살도 이 사람들보다 빠르지 않을 것이다. 이것은 공포의 위력이다. 지하철에서 내려 밖으로 나가는 계단을 향해 걷다가 지하철 쪽을 향해 뒤를 돌아보았다. 사람들은 지하철 창을 통해 우리를 노려보며 촬영을 하고 있었다. 나도 모르게 헛웃음이 나왔다. 나는 그들을 향해 번쩍 팔을 들어 손목을 빳빳하게 세우고 말아 쥔 주먹 사이로 중지도 빳빳하게 세웠다.

3.

"한수현 씨 보호자 분?"

간호사는 이상하리만치 침착하게 나를 불렀다.

"성함이?"

간호사는 이상하리만치 침착하게 시선조차 주지 않고 물었다.

"네. 이진호입니다."

간호사는 이상하리만치 침착하게 컴퓨터에 나의 이름을 타이핑했다.

"기다리세요."
"네."

이상하리만치 침착한 간호사의 말에 대기실 의자에 공손히 앉아 호명해주기를 기다렸다.

"다음 분."

간호사는 표정 없이 모니터를 바라보며 말했다. 이때 이상하리 만치 침착한 것이 그녀의 원래 성격이라고 짐작했다. 이렇게 짐작 하니 그녀의 태도에 불쾌함보다 묘한 설득력이 생겼다. 허나 중요 한 것은 그녀가 나를 설득할 일은 없다는 것이다.

"한수현 씨."

간호사의 불음에 나도 모르게 손을 번쩍 들었다.

"네."
"들어가실게요."
"어디요?"

간호사는 진료실 쪽을 말없이 바라보았다. 이런 간호사의 태도 가 참 불편할 법하지만 '그러려니'하는 마음이 더 크게 들었다. 아 울러 오랜만에 찾은 병원에서 들은 '들어가실게요'라는 말이 이상 한 말이지만 그걸 알아듣는 자신이 더 신기하게 느껴졌다. 이어 진 료실 안에서 진정한 설득력을 갖춘 사람을 만났다. 그는 의사다. 의

사는 수현이의 귀에 불빛을 비춰 자세히 들여다보았다. 무표정한
의사의 얼굴은 점점 일그러지더니 이내 심각한 표정을 지었다.

"많이 심각한가요?"
"귓속에서 피딱지가 져서 잘 안 보이네요. 얼마나 긁은 겁니까?"

마땅한 대답이 떠오르지 않았다. 솔직하게, 큐빅이 박힌 네일아
트를 두른 날카로운 손톱으로 피가 쏟아질 때까지 귀를 파냈다고
말하면 이상한 사람을 취급을 당할 것 같아 말할 수 없었고, 그렇다
고 좀 많이 긁었다고 말을 하면 '얼마나 좀 많이 긁은 것이냐' 혼을
낼 것 같아 대답을 망설였다. 의사는 다시 귓속을 자세히 들여다보
기 시작했다. 귓속을 보며 의사가 물었다.

"언제부터 안 들린다고 하셨죠?"
"저녁부터요."
"갑자기 안 들리는 건가요?"
"네."
"전조 같은 건 없었나요? 귀에서 물 흐르는 소리가 들렸다거나,
그러니까 잠수를 했을 때 같은 느낌이요. 아니면 귀에 뭐가 들어간
것 같다는 느낌 같은 거요."
의사가 묻는 것을 고스란히 수현이에게 물었다. 수현이에게 말
을 하다가 아차 싶어 휴대폰에 적어 문장을 보여 주었다. 수현이는
고개를 가로저었다. 의사는 시큰둥한 표정을 짓더니 다시 소형 랜

턴을 들고 이어 알코올을 묻힌 면봉을 들었다. 의사는 그녀의 양 귀 속에 단단히 자리 잡은 피딱지를 닦아 내기 시작했다. 면봉이 닿을 때마다 수현이는 쓰라린 기색으로 눈살을 찌푸리고 앓는 소리를 냈다. 면봉을 몇 번이나 교체했을까. 양쪽 귀에서 면봉에 피가 묻어나지 않자 의사는 다시 심각한 표정으로 현미경은 아니지만 현미경과 비슷한 기능을 갖춘 외눈 안경을 쓰고 귓속을 보았다. 한참을 보고는 외눈 안경을 벗으며 말했다.

"처음에는 AOM이 의심되었지만...."
"AOM이요?"
"아, 급성중이염이요. 근데 살펴보니까. 중이염이랑은 전혀 다르네요."
"그럼 뭔가요?"
"난청의 원인은 크게 두 가지입니다. 음파의 전달이 제대로 되지 않아 발생하는 전음성 난청과 소리를 감지하는 능력이 떨어져 발생하는 감각신경성 난청입니다. 지금 제가 확인한 바로는 감각신경성 난청의 가능성이 큽니다. 외이나 고막 등이 외부적인 요인으로 많이 훼손된 상태이기는 하지만 그 원인이 그것이 아니라 다른 요인으로 외부적인 훼손을 가한 상태이기 때문에...."
"그래서요?"
의사는 난처하다는 표정을 짓더니 힘없는 투로 말했다.

"제가 확실하게 말씀드릴 수 있는 부분이 아닌지라 큰 병원으로 가보시는 게 좋을 것 같습니다."

"앞으로 소리는 들을 수 없는 건가요?"

"우선 가려움이나 상처 부위는 진정될 수 있게 진통제랑 연고는 처방해드리겠습니다."

"아니, 앞으로 소리를 들을 수 없냐고요."

"정확한 이유를 알 수 없어서 확답은 못 드리겠습니다. 큰 병원으로 가보시는 게 좋을 것 같습니다. 우선 환자분이 안정에 취할 수 있도록 약을 하나 처방해드리겠습니다."

"감사합니다."

상담을 마치고 수현이를 부축했다.

"나 괜찮은 거야?"

수현이가 물었다.

"큰 병원으로 가야 할 것 같아."

의사라면 설득력을 갖고 있을 것이라 생각했지만 어느 정도의 규모를 갖춘 병원의 의사냐에 따라 설득력의 여부가 정해진다는 것을 깨달았다. 하나. 큰 병원으로 가야 한다는 말만 설득력을 갖췄다. 상심에 젖기 시작하려는 찰나 수현이가 말했다.

"안 들려."

아차. 휴대폰으로 메시지를 보냈다. 메시지를 확인한 그녀는 시무룩한 표정으로 진료실을 벗어났다. 그녀의 뒤를 따라나서려는 순간 의사의 테이블에 수북하게 쌓인 진단서들이 눈에 들어왔다. 진단서 뭉치는 여러 묶음으로 나누어져 있었다. 진단 결과에 따라 나눈 듯 보였다. 그중에 한 진단서 뭉치에는 공통적인 한 단어가 쓰여 있었다.

'unknown _ hearing loss'

알 수 없는 청력 손실. 진단서 뭉치의 맨 아래 깔린 진단서에 적힌 단어는 스펠링이 정자로 바르게 썼지만 최근 진단서로 올라올수록 철자가 날카롭게 변해가다가 마지막 수현이의 진단서를 쓰는 것을 보았다. 의사는 알아볼 수 없을 정도로 펜을 휘날려 스펠링을 적었다. 신경질적으로. 의사는 절망스럽다는 듯 얼굴의 모든 근육을 중력에 맡겼다. 그 모습을 보고 진료실을 나왔다. 엄청난 설득력을 갖춘 영어 단어와 이를 꾸며 주는 의사의 표정. 상심이라는 감정에 온몸이 젖기 시작했다. 수현이는 진료실 문밖에서 가만히 대기실을 보고 있었다. 그녀의 시선을 따라 대기실의 사람들을 보았다. 처음 들어왔을 때도 이비인후과의 환자가 이렇게 많았나 싶을 정도로 많다고 생각을 했다. 하지만 수현이가 진료를 받는 사이에 그 수의 배는 늘어난 것 같았다. 누군가는 세상을 다 잃은 표정으로 바닥을 보고 있고, 누군가는 굵은 눈물을 흘리고 있었으며, 누군가는 눈물도 모자라 오열을 하고 있었다. 그들 틈으로 보이는 몇 사람은 귓속을 신경질적으로 긁고 있었고, 이로 인해 피를 흘리는 사람들이 있었다. 병원의 간호사들은 다급한 목소리로 전화를 받기 바빴다. 낯선 광경을 보며 심박수가 빨라지는 것이 느껴졌다. 문제가 있다. 무언가 문제가 있다. 무언가 큰 문제가 있다. 공포에 팔과 다리가 저려왔다. 이 공포를 깬 것은 간호사의 목소리였다.

"한수현 씨 보호자 분?"

떨리는 손으로 처방전을 받고 병원을 나오려는 찰나.

"한수현 씨 보호자 분."

간호사는 다시 우리를 불렀다. 간호사가 처방전을 받은 환자를 다시 부르는 일이 흔한 일이던가, 무엇보다 이상하리만치 침착하게 굴었던 간호사의 다급한 목소리에 지레 긴장을 한 상태로 간호사를 향해 뒤를 돌아보았다.

"네?"
"계산 안 하셨는데요?"
"죄송합니다."

의사가 써 준 처방대로 약국에서 약을 받고 나와 택시에 올랐다.

"대학병원으로 가 주세요."

택시에서 수현의 양쪽 귓속에 연고를 발라 주었다. 그리고 우리는 다시 침묵의 시간을 맞이했다. 무슨 말을 해주자니 그녀의 표정에 다양한 것들이 묻어있었다. 두려움과 더불어 충격이 묻어있었고, 답답함을 비롯해 피로가 짙게 묻어있었다. 그녀는 말없이 밖을 보고 있었다. 이 침묵을 수긍하리라. 휴대폰을 꺼내 들어 청력 손실에 대해 검색을 하려는데 검색창 아래 뉴스 기사들이 눈에 들어왔다. '원인 불명 청각장애 환자 집단 발병, 당국 긴장'. 스크롤. '원인 불명 청각장애 속출한 日시장 휴업', 스크롤. 중국, 미국, 인도까지. '원인 모를 청각장애, WHO까지 조사 나서', '청각장애 환자 집계 나서', '사람 간 전파 발견 안 돼'. 전염병이 아니라는 건가. 먹먹해지는 마음에 휴대폰을 주머니에 넣고 다시 수현이를 보았다. 수현이는 택시의 운전석 뒷자리에서 창밖을 보고 있었다. 무슨 표정을 짓고 있을까. 택시가 마침 터널을 지나며 유리에 비친 그녀의 얼굴이 보였다. 아무 표정도 짓지 않고 멍하니 창밖을 보고 있었다. '멍하니'라는 말보다 '퀭하니'라는 말이 어울리는 표정이었다. 수현이는 들리지 않는 것에 대한 두려움도 두려움이지만 귓속의 가려움 때문에 잠을 이루지 못했다. 귓속을 무작정 긁는 것은 위험해 물로도 씻어 보고, 드라이기로 뜨거운 바람과 찬 바람을 오가며 불어 넣기도 했다. 하지만 가려움은 당최 진정이 되지 않아 다시 긁는 쪽을 택했지만 손가락은 위험의 우려가 있기에 차선책으로 면봉을 이용해 긁었다. 하지만 가려움은 가시지 않았다. 그렇게 밤을 흘려보냈다.

4.

"조용하쥬?"

택시 기사는 별안간 조용하냐고 물었다.

"뭐가요?"
"아까 라이닝 갈았거든요."

라이닝.

"라이닝이 뭐예요?"
"라이닝이 라이닝이지 다른 라이닝이 있나유."

택시 기사님은 짜증 섞인 말투로 대답을 했다. 괜한 말다툼을 하고 싶지 않아 아무 대답도 하지 않았다. 택시 기사는 뻘쭘했는지 억척스레 기침을 했다. 이어 반대편 차선에 렉카와 구급차가 몰려있는 광경이 눈에 들어왔다.
"저기도 사고가 났네."

택시 기사는 조수석 창밖을 보며 덤덤하게 말했다. 바로 옆 반대편 차선에서 교통사고가 난 것이었다. 앞차의 트렁크가 짓눌려진 만큼 큰 사고 현장이었지만 택시 기사의 반응은 덤덤했다. 덤덤한 것이 당연하다. 수현이의 집에서 병원으로 가는 동안 택시 안에서 목격한 크고 작은 사고만 해도 네 건이다. 생소한 것도 여러 번 반복되면 으레 당연한 것이 되는 것은 자연의 섭리인 것이니 말이다. 택시 기사의 말투를 따라 나도 사고 현장을 덤덤하게 바라보았다. 택시 기사는 라디오 채널을 이리저리 돌리더니 한마디를 툭 던졌다.

"짜고 치는 고스톱 같쥬."
"네?"

룸미러 속 택시 기사의 눈과 마주쳤다. 그는 이유 없이 나를 노려보고 있었다.

"어떻게 짜고 치지 않는 이상 뻑이 이렇게 나냐고."
"뻑이요?"
"사고요, 사고. 아침부터 계속 사고가 나네. 이상해. 이러다가 나도 누가 때려 박는 거 아니여? 안 그려요?"
"네, 뭐."
"다들 소리가 안 들린다나 뭐라나."

택시 기사의 말투가 갑자기 비장해졌다.

"손님은 죽음이라는 놈을 마주해 본 적이 있어요?"
"네?"

택시 기사는 죽음에 대하여 자신의 생각을 두서없이 늘어놓기 시작했다. 가는 것에 순서가 없다느니, 빈손으로 왔다가 가는 것이 인생이라느니, 하며 말이다. 왜 그런 이야기를 했는지 알 수 없었지만 택시 기사는 운전석 창문에 왼팔을 걸친 채 햄릿이나 맥베스 같은 셰익스피어 작품에서나 나올 법한 문어체의 말투를 늘어놓았다. 충청도 사투리가 깊게 우러나오는 기사의 말투는 가오, 그 자체였다. 그리고 이 덤덤함을 장식하는 마지막 마디를 했다.

"개같은 인생."

'개같은 인생'이라는 말을 끝으로 죽음에 대한, 가오로 가득한 택시 기사의 넋두리가 끝났다. 그의 일장 넋두리를 들으니 불안함이 들었다. 음주운전인가? 그의 넋두리에 나는 아무 반응도 하지 않은 채 휴대폰만 매만지고 있었다. 그의 말에 대답하는 순간 빠져나올 수 없는 깊은 수렁에 빠진다는 것을 알기 때문이었다. 무의미한 말들의 축제라는 깊은 수렁. 택시 기사를 무시하고자 수현이를 물끄러미 보았다. 가끔은 소리를 듣지 못하는 것도 좋은 일이 될 수도 있겠다는 생각이 들었다.

"어, 어, 어!"

택시 기사의 당황한 소리에 급하게 차가 멈춰 섰다. 이윽고 나와 수현이는 관성의 법칙을 고스란히 체험했다.

"죄송합니다."

다행히 사고는 나지 않았다. 또 사고 때문일까. 평소보다 꽉 막힌 도로는 답답함을 자아냈다.

"또 사고인가 보네. 아니, 이게 무슨 일이래요. 아침부터 웬 물귀신 같은 여자한테 택시비도 못 받고."
"네?"
"목적지에 도착을 해서는 손님이 갑자기 소리가 안 들린다고 길바닥에서 주저앉아 우는데! 이야. 이렇게 택시비를 안 낼 수도 있구나 싶더라고요."
"그래서요?"
"뭘 그래서예요. 아침부터 똥 밟은 거지, 뭐. 그래서 동네 이비인후과 데려다줬죠, 뭐. 이비인후과 말고 보청기 가게로 갈 걸 그랬나?"
택시 기사님은 말을 끝내고 혼자 웃겼는지 껄껄 웃기 시작했다. 하지만 웃기지 않았다.

"아, 네."

덤덤하게 반응하자 택시 기사님은 분위기가 어색했는지 웃음을 거두고 큰기침을 몇 번 하더니 침착하게 물었다.

"그나저나 병원 가는 길이면 진료 예약은 했어유?"
"아니요."
"지금이라도 예약해요. 오늘 아침부터 병원 가는 차들 많던데. 저기 또 지나가네."
"네."

택시 기사의 말이 끝나기 무섭게 기사의 먼발치 교차로에서 요란하게 사이렌 소리를 울리며 앰뷸런스가 지나갔다.

"아침부터 병원 가는 콜이 얼마나 많이 뜨던지. 전화통이 불이 나더라고요. 띵동띵동. 얼마나 듣기 싫은지. 평소에 띵동 울렸으면 뭐랄까, 낚시터에서, 아, 더럽게 안 잡히네, 하면서 멍하니 있다가 입질이 온 것 같은 느낌? 그럼 신이 나지. 안 그래요? 근데 오늘은 무슨 비상경보처럼 울리니까. 그것도 병원을. 마음이 혼란하고 또 복잡한 것이. 불안하더라고요. 사고도 많이 나잖아요. 이러니 심장이 쿵쾅쿵쾅하고. 이 쿵쾅쿵쾅이랑 띵동띵동이 쌍으로 지랄을 하니까 더 심경이 복잡해지더라고요."

이 택시 기사의 첫 마디에 대답을 한 것이 큰 실수였다는 생각이 문득 들었다.

"저 병원에 전화 좀 할게요."
"그래요. 어서 해요. 어디? 외과?"

룸미러로 수현이의 모습을 힐끔 보더니.

"아니면 내과?"
"아니요."

다시 룸미러로 수현이를 힐끔 보더니.

"그럼 산부인과?"
"아니요. 이비인후과에요."
"아, 그쪽도 이비인후과. 이비인후과 사람 많던데? 아침부터. 아니 교통사고가 많으면 외과가 붐벼야지. 오늘 사고 난 거 싹 다 외과인데. 내가 또 차로 먹고 사니까. 교통사고면 무조건 외과라는 건 척하면 척이지. 보험은 있고?"
"아니요."
"나 아는 동생이 보험을 오래 했는데 그쪽으로 한번 알아봐 줄까요?"
"저 병원에 전화 좀 하겠습니다."

택시 기사의 끊임없는 말에 나도 모르게 짜증을 섞어 뱉었다. 택시 기사는 뉘앙스를 읽었는지 남우세스럽다는 듯 큰기침을 하더니 그러라고 말했다. 순간의 감정 때문에 그의 기분을 상하게 했다는 생각에 순간 미안함이 들었지만 수현이를 생각하면 미안함은 정말이지 순간에 불과한 것이었다. 병원 번호를 검색해 전화를 걸었다. 신호음이 두어 번 나오더니 중년 남성의 목소리가 반갑다며 인자한 투로 말을 했다. 나는 다급한 마음에 그 후의 말을 듣지 않고 본론부터 말했다.

"네, 병원 예약 좀 하려고 합니다."

수화기 너머의 남성은 반갑다는 말 뒤로 착하고 성실한 우리 딸이 상담 드릴 예정이라고 했다. 가족이 운영하는 병원인가. 그럼 이 중년의 남자는 병원의 원장인가?
"네, 기다릴게요."

이어 연결음이 두어 번 이어지더니 곧 나지막하지만 상냥한 투의 남자가 전화를 받았다. 사랑하는 우리 아내가 상담 드릴 예정이라고. 정말 가족이 운영하는 병원이구나.
"네."

다급하지만 어쩌겠는가. 이렇게 친절하게 말을 하는데 쏘아붙일 사람이 누가 있겠는가. 다시 연결음이 들렸다. 이어 천진한 여자아이가 말했다. 제가 세상에서 가장 좋아하는 우리 엄마가 상담 드릴 예정입니다. 잠시만 기다려 주세요, 라고.

"그래. 기다릴게."

다시 연결음이 두어 번 흘렀다. 방금 들은 소리와는 다르게 달그락하며 전화기를 드는 소리가 났다. 아, 지금까지 나온 목소리들이 통화 연결음이었구나. 창문에 기대어 있는 수현이를 보았다. 수현이가 근무하는 콜센터에서도 이런 통화 연결음이 나왔을까. 나온다면 이런 통화 연결음을 듣고도 어떻게 못 배웠다느니, 미친년이라느니 하는 소리를 할 수 있을까. 세상에 정말 미친 사람이 많다는 것을 다시 한번 느꼈다. 이어 지친 기색이 짙게 묻어나는 목소리의 여성이 받았다.

"네, 대학병원입니다."

"병원 예약 좀 하려고 합니다. 응급 환자인데 지금 당장 진료가 가능할까요?"

전화기로 주변 소음이 들려왔다. 사람들의 말소리와 울음소리들이 뒤엉킨 소리였다. 그 사이로 한 아저씨의 목소리가 들려왔다. 정확하게 들렸다.

"갑자기 소리가 안 들린다고요!"

절규에 가까운 목소리였다. 잠시 생각이 멍해졌다. 안 들린다. 소리가. 갑자기. 간호사의 목소리가 들렸다.

"여보세요?"
"네, 병원 예약 좀 하려고요...."

간호사는 말허리를 자르며 재차 물었다.

"여보세요?"
"네, 병원 예약 좀 하려 합니다."
"여보세요?"
"네, 병원 예약...."

간호사는 재차 '여보세요'를 반복하더니 두려움 가득한 목소리로 나지막하게 옆 동료에게 말했다.

"나 소리가 안 들려."

이번에는 내가 재차 '여보세요'를 반복했지만 주변의 소음만 들릴 뿐 간호사의 목소리는 들리지 않았다. 이어 전화기를 들고 우는 건지 흐느끼는 소리가 들리더니 이윽고 전화가 끊어졌다. 허탈함에 꺼진 휴대전화를 가만히 보고 있던 찰나 도로 멀리서 거대한 폭발음이 들려왔다. 무슨 일인가 고개를 들려는 순간 택시가 급하게 멈춰섰다. 얼마나 급하게 섰는지 택시의 뒷바퀴가 미끄러지며 몸이 회전축을 따라 고스란히 쏠려 어깨와 머리를 유리창에 박았고, 반대편 창에 머리를 기대고 있던 수현이는 내가 있는 방향으로 고꾸라졌다. 우리는 다시금 자의와 상관없이 순식간에 관성의 법칙에 따랐다. 한 번도 아니고 두 번이나 겪으니 짜증이 밀려왔다.

"아저씨, 운전을 이렇게 하시면...."

고개를 들어 밖을 보니 세상이 온통 까맣게 변해 있었다. 몇 분의 시간이 지나 검은 연기가 뿌옇게 변해갈 때 즈음 핸들을 세게 움켜쥔 채 정면을 가만히 응시하던 택시 기사는 운전석 문을 열더니 차에서 내렸다. 그를 따라 나도 차에서 내려 연기가 시작한 곳을 바라보았다. 자욱한 연기 너머로 희미하게 보이는 광경. 할리우드 영화에서나 보았던 광경. 8차선을 가로지르는 6차선이 있는 교차로 가운데에서 충돌한 여러 대의 시내버스와 반파되었거나 불타고 있는 차들. 교차로 가운데 거대한 무언가의 실루엣이 보였다. 연기가 점차 사라지며 거대한 무언가의 실체가 드러나기 시작했다. 비행기. 교차로 가운데 처참하게 박혀 있는 비행기와 추락하며 부딪힌 탓인지 무너져 있는 빌딩 두 개가 눈에 들어왔다. 그리고 이 현장을 둘러싸고 있는 경찰들과 소방관들, 이 모든 광경을 멍하니 보고 있거나, 촬영하는 사람들. 누군가는 눈물을 흘리고 있고, 누군가는 고통에 신음하고 있었고, 구조대원들이 들고 있는 들것에는 피를 뒤집어쓴 채 절규하는 사람들이 실려 있었고, 종종 하얀 천을 얼굴까지 덮인 사람들도 눈에 들어왔다. 곧이어 한 대의 차가 폭발하며 근처에 있던 차들도 불길에 휩싸여 연쇄적으로 폭발했다. 이 사고로 160여 명이 사망했고, 사망자에는 일반 시민들과 더불어 경찰관과 소방관, 구조대원 등이 포함되었으며, 근처에 있던 사람들이 크고 작은 부상을 당했다. 이때의 광경은 지구에서 당해낼 재간이 없는 히어로가 힘자랑인지 오지랖인지 모를 마음으로 지구 밖의 외계 생명체와의 전투를 벌인 흔적과 흡사했고, 참혹하기로는 뉴스에서나 보았던 9.11 테러나 중동에서 벌어지는 자살 폭탄 테러의 광경과 같았다. 하지만 눈 앞에 펼쳐진 광경은 전투나 테러의 현장이 아니었다. 이는 사고였다. 테러, 어쩌면 전쟁의 현장과 견줄 수 있을 정도의 사고. 매체를 통해 간접적으로 경험할 수 있는 참혹한 광경이 바로 눈앞에 펼쳐져 있다면, 이는 필시 혼란의 대상밖에 되지 않는다. 그렇다. 우리가 목격한 것은 혼란, 그 자체였다. 아울러 더욱 상황을 혼란으로 치닫게 하는 모습이 있었다. 이 거대한 혼란 속에서 자신의 귀를 학대하는 사람들. 마치 아무것도 들리지 않는다는 듯이. 정말로 많은 사람이 자신의 귀를 손바닥으로 문지르거나, 손가락으로 쑤시고 있었으며, 심한 경우 주먹으로 자신의 귀 주위를 때리고 있었다.

정부는 이 사건의 원인을 알 수 없는 외부 세력의 극단적인 테러로 단정을 지었고, 이 사건을 '이브 사태'라고 불렀다.

case2. 세상은 요지경

1.

또 말썽이구나 싶었다. 하부에서 드르륵하는 소리가 더 심해졌다. 앞바퀴 라이닝을 교체할 때 뒷바퀴도 같이 갈 것을. 방치하니 뒷바퀴에서도 요란한 소음이 났다. 새벽 댓바람 첫 손님부터 차가 말썽이니 이거 원. 빨간불. 기어를 중립에 맞추고 신호 대기를 하며 룸미러로 뒷자리 손님을 보았다. 채 떠오르지 않는 새벽의 푸른 빛이 손님의 얼굴을 비췄다. 안 그래도 얼굴이 하얀데 푸르기까지 하니 어릴 적 텔레비전에서 보았던, 무슨 프로그램이었더라, 귀신 나오고, 그 누구냐, 이광기 씨가 얼굴에 피 칠갑을 하고는 내 다리 내놔 했던, 전설의 고향! 거기서 보았던 구미호가 따로 없었다. 손님은 창밖을 보고 있었다. 음산한 것이 머리는 채 말리지도 않았다. 그럼 물귀신이구나. 구미호보다는 물귀신 같았다. 말 걸기도 묘한 것이. 신호 대기를 하면서 힐끔힐끔 보니 딱 물귀신이 따로 없었다. 그러다 물귀신과 눈이 딱 마주쳤다. 깜짝, 깜짝 정도는 아니고 흠칫 놀랐다. 물귀신은 검지를 길게 뻗어 창밖을 가리켰다. 계속 흠칫 놀란 채로 그녀의 검지를 따라 앞을 보았다. 초록불. 아. 기어를 다시 D에 걸고 악셀을 슬며시 밟았다. 차가 움직이니 다시 뒤쪽 하부에서 드르륵 소리가 났다. 룸미러로 다시 물귀신을 보았다. 물귀신은 말없이 창밖을 보고 있었다. 어색한 기분이 들어 말을 건넸다.

"차가 시끄럽쥬?"

뒤에서 아무 대답도 돌아오지 않아 서늘한 기분이 들었다. 용기 내어 다시 말을 걸었다.

"라이닝을 제때 교체했어야 하는데. 이래저래 미루다 못 갈았네 유. 많이 시끄럽쥬?"

최대한 넉살 좋게 말을 걸었지만 아무 대답도 돌아오지 않았다. 서늘함이 등골에서부터 빠르게 올라왔다. 진짜 귀신인가. 룸미러로 확인하고 싶었지만 쉽사리 목이 움직이지 않았다. 일반적인 공포 영화에서 나오는 두 가지 장면이 떠올랐기 때문이다. 첫 번째는 분명히 존재했던 이가 언제 그랬냐는 듯 사라지는 장면, 두 번째는 룸미러를 통해 실핏줄이 터져 새빨개진 귀신의 눈과 마주치는 장면이었다. 이 두 가지 장면이 번갈아 떠오르며 룸미러를 볼 용기를 앗아갔다. 다시 빨간불. 차를 멈추고 핸들을 가까이 붙잡은 채 정면만 응시했다. 등에서 땀이 흐르는 것이 느껴졌다. 아니다. 땀이 아닐 수도 있다. 물귀신이 검지로 등줄기를 천천히 긁고 있는 것일 수도 있다. 룸미러를 볼지 말지 결단이 서지 않는 상황에 구슬프게 달리는 말 한 마리가 눈에 들어왔다. 미터기 안에서 홀로 달리는 초록색 말. 그 옆에 찍혀 있는 금액 오천삼백 원. 미터기 속 금액이 오천사백 원으로 올라갔다. 금액을 보니 결단이 섰고 이윽고 룸미러를 보앉다. 룸미러 안에는 예상했던 두 가지 장면 중 그 어느 것도 펼쳐지지 않았다. 물귀신은 말없이 창밖을 보고 있었다. 공포는 사라지고 괘씸함이 들었다. 길게 늘어진 머리카락, 그 너머 귀 안에 이어폰이라도 쑤셔 넣었나.

"손님?"

역시 대답을 하지 않았다. 이어폰을 꽂고 있는 것이라면 그러려니 하겠다만 만약에 이어폰을 꽂고 있지 않다면 그야말로 싹수가 노란 것이 아니겠는가. 하여튼 요즘 것들, 이라며 속으로 불만을 읊조리고 있을 때 별안간 옆 차선의 검은색 소나타가 멈춰섰다. 이어 노란 비상등이 깜박였고, 운전선 안의 라이트가 켜지며 운전자가 보였다. 왼쪽 귀를 없애기라도 하려는 듯 거칠게 손바닥으로 문지르는 운전자가 보였다.

"왜 저랴."

가만히 소나타 운전자를 지켜봤다. 귀를 문지르는 것이 성에 차지 않았는지 왼쪽 귀와 오른쪽 귀를 마구 때리기 시작했다. 검은색 소나타 안에서 펼쳐지는 이상한 광경을 가만히 지켜보았다. 이어 오른쪽 뺨에 인기척이 느껴졌다. 서늘한 기분이 들었다. 분명 손님은 뒷좌석에 타고 있었는데. 무의식적으로 고개를 돌렸다. 검지를 길게 뻗은 하얀 손이 앞을 가리키고 있었다.

"으아!"

나도 모르게 기겁을 했다.

"아저씨, 초록불이에요."
"아, 네."

사람이었구나. 다시 변속을 하고 악셀을 밟는 순간 검은색 소나
타가 있는 반대편 차선에서 듣기 버거울 정도로 다른 차들의 경적
소리가 쏟아지기 시작했다.

"안 가고 뭐 하는 겨."

룸미러로 물귀신, 아니지, 손님을 보았다. 손님은 태연하게 창밖
을 보고 있었다.

"시끄럽쥬?"

손님은 아무 대답도 하지 않고 창밖을 바라보고 있었다. 머쓱함
에 나도 침묵을 유지했다. 방금의 경적 소리가 멀어질 때 즈음 자동
차 하부에서 다시 드르륵 소리가 났다. 라이닝 소리가 더 커지는 것
이 더욱 신경이 쓰이기 시작했다.

"아저씨."

손님도 시끄럽구나.

"이 차 뭐예요?"
"네?"

하여튼 요즘 것들이란, 또 따지려 드는구나.

"차가 많이 시끄럽죠? 이게 라이닝을 갈아야 하는데..."
"방음도 잘되고, 소음도 없고."
"네?"

비꼬는 건가. 하여튼 요즘 것들.

"외제차예요?"
"그게 저...."
"택시가 외제차인 경우가 없었던 것 같은데. 국산차도 잘 나오는구나."

진짜 조용하다고 생각하는 건가, 싶었다.

"남자친구가 차 바꾼다고 했거든요. 이 차로 추천해야겠어요. 무슨 차예요?"

"그게 저...."

"근데 기사님 차에서 음악 같은 거 안 들으세요? 라디오나."

"그게 저...."

"과묵하시네요."

"네?"

"아침이라 피곤하시죠? 힘내세요."

"아, 네. 감사합니다."

"저기 신호등 앞에 세워 주세요."

"네."

손님이 가리킨 신호등 앞에 비상등을 켜고 갓길에 차를 세웠다. 이어 룸미러로 손님을 힐끔 보고 미터기의 정지 버튼을 누르고 고개를 돌려 말했다.

"육천칠백 원입니다."

"네?"

못 알아들은 건가.

"육천칠백 원입니다."

손님은 물끄러미 나를 바라고는 말했다.

"장난치지 말아요."

손님의 말에 기분이 갑작스레 나빠졌다.

"제가 무슨 장난을 쳤다고 그래요. 육천칠백 원입니다."

나는 미터기 속 금액을 가리키며 말했다.

"왜 그래요, 아저씨."
"제가 뭘요?"

시큰둥하게 대답하니 손님은 잠시 뜸을 들이더니.

"왜 입만 뻥긋거려요?"
"네?"

손님의 표정이 일그러지기 시작했다. 이어 창문을 내리고는 창밖으로 고개를 빼꼼 내밀었다. 그리고는 주변을 두리번거렸다. 조수석 사이드 미러로 손님의 표정을 보았다. 거리를 지나는 사람들을 이상하게 바라보는 그녀였다. 아울러 이런 손님을 이상하게 바라보는 거리의 사람들이었다. 손님의 표정이 사뭇 심각해졌다. 이어 뒷좌석에서 내리는 손님이었다. 나도 덩달아 내려 그녀에게 신경질적으로 다가갔다.

"뭐 하시는 거유. 육천칠백 원이여유!"
"아저씨."
"아무 소리가 안 들려요."

손님은 주저앉아 울기 시작했다. 거리의 사람들이 나와 손님을 힐끔거리며 바라보기 시작했다.

"아니, 여기서 이러면 어떡해유."

사람들은 불편한 심기를 고스란히 표정으로 내보이며 나를 바라보기 시작했다. 얼굴이 붉어지고 있다는 것이 느껴졌다. 이 부끄러움을 짜증으로 승화하며 손님에 화를 냈다.

"내가 뭘 어떻게 했다고 이래요, 지금!"

띵동, 택시를 부르는 콜이 떴다. 대학병원으로 가는 콜이었다. 나는 콜이 울리는 휴대폰과 물귀신 같은 손님을 번갈아 보았다.

2.

카센터 앞에 탕수육과 자장면 그릇을 내어두고 믹스커피를 탔다. 연기가 모락 피어올랐다.

"역시 겨울에는 믹스커피야."

길고 노란 커피 봉지로 종이컵 안을 몇 번 휘이 젓고는 커피를 한 모금 마시며 말을 이어 나갔다.

"아니, 김 사장, 말이 된다고 생각해?"
"형님이 오늘 재수가 안 좋네."

김 사장은 사람 좋은 미소로 택시의 휠을 떼며 대답했다.

"물귀신도 그런 물귀신이 없어. 생긴 것도 딱 물귀신이었어. 머리도 안 말리고. 하얗다 못해 푸르뎅뎅해서. 새벽이라 그런가. 하여튼! 요즘 것들 게을러 가지고. 왜 그러는지 몰라."

김 사장이 휠을 놓치며 타이어가 장착된 휠이 내가 서 있는 방향으로 튀어 올랐다. 몸은 재빠르게 반응해 휠에 맞는 일은 피했지만 믹스커피를 든 손을 채 가누지 못해 커피를 살짝 흘리고 말았다.

"앗, 뜨거워!"

김 사장은 휠을 붙잡으며 사람 좋은 미소를 지었다.
"그러게 왜 거기 서 있어요."

김 사장은 아무 일도 없었다는 듯 휠을 굴리며 말했다.

"이 사람아, 조심 좀 하지."
"미안해요. 타이어가 빵빵하네. 더 타도 되겠어."

김 사장의 미지근한 태도에 기분이 나빠질 뻔 했지만 타이어를 교체해야 한다는 말을 듣지 않아 내심 안도의 한숨을 쉬었다. 그리고는 다시 이야기를 이어 나갔다.

"생각해 봐. 이거 신종 물귀신 수법이야. 내가 길바닥에서 얼마나 뻘쭘했겠어."
"그래도 병원까지 형님이 데려갔잖아요."
"아까 그 물귀신이랑 실랑이할 때 울린 콜이 대학병원 콜이었어."
"그 여자 운이 좋네. 아닌가. 형님이 운이 좋은 건가. 하여튼 병원에 데려갔잖아요."
"그거야 소리가 안 들린다고 하니까. 근데 그것도 이상해. 거짓말 같아. 소리가 갑자기 왜 안 들리냐고. 근데 그렇게 서럽게 우는 걸 보면 거짓말이 아닌 것 같기도 해. 내가 그렇게 울지 말라고 해도 계속 울더라고, 미친년처럼."

김 사장은 휠을 굴리다 말고 심각한 표정으로 물었다.
"형님."

"왜?"

"소리가 안 들리는 사람한테 울지 말라고 하면 그게 들려요?"

"그렇긴 하네."

김 사장은 나를 빤히 보고는 고개를 갸우뚱했다. 그리고는 다시 휠을 굴렸다. 휠을 둘러싼 검은 타이어를 보니 문득 검은색 소나타 속 운전자의 모습이 떠올랐다.

"생각해 보니까 아까 내가 신호 대기 할 때 이상한 걸 봤어."

"이상한 거요?"

김 사장은 휠에서 기존의 라이닝을 빼며 대답했다.

"반대편 차선에 소나타가 갑자기 서더니 운전자가 갑자기 자기 귀를 막 비비는 거야. 그러더니 막 자기 귀를 때리더라?"

"형님."

"응?"

"새벽인데 그게 보여요?"

김 사장은 다시 나를 빤히 보고는 고개를 갸우뚱했다. 그리고는 수납장에서 새 라이닝을 꺼냈다.

"실내등을 켰으니까."

"아아."

"하여튼 미친놈 같았어."

"그 사람도 소리 안 들리는 거 아니에요?"

"뭐?"

김 사장은 휠에 새 라이닝을 넣으며 물었다.

"형님은 뉴스도 안 봐요?"

"무슨 뉴스?"

띵동, 택시를 부르는 콜이 떴다. 또 대학병원으로 가는 콜이었다.

"콜 뜬 거 아니에요?"

"차가 리프트에 떠 있는데 어떻게 콜을 받아."

띵동. 또 대학병원이었다

"더럽게 시끄럽네."

"콜 많네. 형님 부자 되겠어요."

"다 대학병원이야."

"대학병원 가깝잖아요."

"가까운데 아까 그 물귀신 대학병원 사거리에 세워주고 오는데 택시 줄이 장난이 아니더라고. 서울역보다 많아, 택시가. 그런데 들어가면 점심도 못 먹고 죽치고 차 빠지기만 기다리는 거여. 그래서 아까 그 물귀신도 그냥 사거리에 내려줬지. 하여튼 오늘은 대학병원은 패스.”

“전략적이시네요.”

“그럼 택시 기사 짬밥이 몇 년인데. 그나저나 무슨 뉴스?”

“요즘 세계적으로 갑자기 귀가 안 들리는 사람이 늘고 있다던데.”

김 사장은 휠에 새 라이닝을 넣다 말고는 심각한 투로 말을 이어 나갔다.

“저기 일본이랑 중국이랑 미국이랑. 거기서 별안간 소리를 못 듣는 사람들이 늘어나고 있다고 뉴스 나오던데요?”

“소리를 왜 못 들어?”

“저야 모르죠. 그거 알면 제가 여기서 카센터 안 하죠.”

“맞아. 그렇긴 해.”

김 사장은 다시 나를 잠시 빤히 보고는 다시 고개를 갸우뚱했다. 그리고는 라이닝 교체작업을 하며 말을 이어 나갔다.

“전염병은 아니라는 것 같은데. 하여튼”

김 사장은 다시 심각한 표정으로 다시 나를 빤히 바라보며 말했다.

"심각하대요, 형님. 한국도 그런 사람들 많아지고 있는 것 같아
요."

"그런 사람?"

"소리 못 듣는 사람이요."

"무슨 말 같지도 않은 소리를 하고 있어."

"진짜예요. 아까도 유튜브 보는데 어떤 여자가 지하철에서 가기
귀를 피가 나도록 쑤시더라니까요."

"그냥 미친 거 아니야?"

"아니에요. 아까 출근길에도 길바닥에서 그러고 있는 사람들을
봤어요. 심각하던데요."

김 사장이 심각하다고 하는 것은 정말로 심각한 것이었다. 김 사
장은 결코 빈말을 하지 않는다는 것을 잘 알고 있었다. 김 사장은
내가 소싯적 화물차를 몰며 전국을 누비던 때부터 알고 지낸 카센
터 사장이다. 오랫동안 김 사장에게 차를 맡겨오며 알게 된 사실이
다. 김 사장은 차를 점검하며 늘 둘 중 하나의 결과를 내놓았다. 당
장 갈아야 한다, 혹은 조금 더 타도 된다. 한번은 그의 당장 갈아야
한다는 충고를 무시했던 적이 있었다. 세루모터라는 부품이었는데
세루모터가 오래되었다며 그는 심각한 표정으로 말했다.

"이거 심각합니다. 교체해야 합니다, 형님."

하지만 세루모터라는 단어를 처음들은 나로서는 김 사장이 사정이 궁한가, 모르는 것으로 덤터기를 씌우려 한다는 생각이 들었다. 그래서 교체를 하지 않고 차를 몰았다가 시동이 걸리지 않아 낭패를 당한 적이 있었다. 알고 보니 세루모터는 자동차 엔진의 스타트 모터였던 것이었다. 그 후로 김 사장이 심각한 표정을 하며 심각하다고 할 때는 우선 믿고 보자는 심보가 생겼다. 그런 김 사장이 심각한 표정으로 사람들이 하나둘씩 소리가 안 들리기 시작하는 현상은 심각한 거라고 말하니 진짜로 심각한 현상인가 싶었다. 믹스커피의 마지막 모금을 마시고 김 사장에게 심각하게 물었다.

"나도 갑자기 소리가 안 들리면 어떻게 해야 하냐, 김 사장아?"
"형님."

김 사장이 라이닝을 교체한 휠을 굴리다 말고 다시 사뭇 심각한 표정을 지으며 나를 빤히 올려다보았다.

"요즘 보청기 잘 나온답니다."

김 사장은 다시 휠을 굴리며 흘리듯 말했다.

"아까 이비인후과 말고 보청기 가게로 가시지."
김 사장과 오래 알고 지낸 사람만 아는 그만의 유머였다. 문제는 웃기지 않는 소리였다는 것이다. 그래도 으레 웃어 주는 것이 미풍

양속인지라 웃어 주었다. 김 사장은 자신의 유머가 웃겼다고 생각했는지 미소를 머금은 채 휠을 차에 장착했다. 휠에 볼트를 쑤셔 넣는 전동 렌치 소리가 요란하게 울렸다. 그 광경을 보자니 마음도 요란해지는 것 같아 뒤돌아서서 카 센터 앞에 세워져 있는 차들을 보았다. 외관이 멀쩡한 차들보다 범퍼가 떨어졌거나, 문짝이 찌그러져 있는 차들이 대부분이었다. 무엇보다 평소보다 입고된 차들이 확연히 많아 보였다. 전동 렌치 소리가 들리지 않아 고개를 돌려보니 모든 작업이 끝나 있었고, 리프트로 띄워져 있던 택시도 내려와 어느덧 나의 뒤에 있었다.

"벌써 끝났어?"
"네. 형님. 그게 저...."
"그나저나 차가 많이 들어왔네."
"네. 엊그제부터 차가 계속 들어오네요. 요즘 이상하리만치 사고가 많이 나요. 그리고 그게 저...."

띵동, 대학병원.
"뭐 이렇게 대학병원 콜만 떠."
"형님."
"근데 웃긴 게 그냥 동네 병원에서 대학병원으로 가는 콜이야. 돌팔이가 그렇게 많은가?"
"돌팔이 천지죠, 뭐. 그리고 형님."
"하여튼 김 사장 부자 되겠어!"

김 사장의 어깨를 토닥여 주었다. 김 사장은 장갑을 벗으며 대답했다.

"그러면 좋겠는데 그전에 과로로 죽을 것 같아요. 근데 이상해요."

"또 뭐가."

"저거 다 운전 중에 소리를 못 들어서 사고가 났대요. 그리고 저..."

"그게 무슨 말이야?"

의미심장한 표정으로 고개를 갸우뚱하고는 다시 심각해지는 김 사장이었다.

"크락션 소리를 못 들었다고 하더라고요. 하여튼 조심하셔요, 형님."

"그래. 자네도 조심해."

"그리고 저... 형님."

"어, 왜?"

"38입니다."

"뭐가?"

"라이닝이요. 원래 40인데 38까지 맞춰드리겠습니다."

더럽게 비싸네.

"어, 그래. 계산해야지."

"그리고 만칠천 원도 주셔야죠."

"만칠천 원은 왜?"

"짜장면 값이요. 탕수육 소짜는 형님이 사신다면서요."

심각할 정도로 확실한 김 사장이었다. 김 사장은 카센터 앞에 놓인 중국집 빈 그릇을 물끄러미 보았다. 그의 시선 따라 나도 덩달아 중국집 빈 그릇을 보았다. 카센터에서 키우는 점박이 강아지가 그릇 속 양념을 야무지게 핥아 먹고 있었다.

"야, 점박아! 그거 먹으면 안 돼."

김 사장이 점박이를 불렀지만 점박이는 김 사장을 무시하고 계속해서 그릇을 핥았다.

"점박아?"

무시하는 점박이. 김 사장은 짜증이 났는지 짜증을 고스란히 담아 점박이를 다시 불렀다.

"점박아!"

여전히 반응을 하지 않는 점박이였다.

"저 새끼가. 야! 점박아!"

점박이는 여전히 정신없이 그릇을 핥았다.

"점박이도 귀가 먹었나?"

김 사장이 점박이에게 다가가 손을 대는 순간 점박이가 크게 놀랐는지 깨갱하며 한바탕 구르고는 마당으로 급하게 달렸다.

그리고는 띵동, 택시를 부르는 콜이 떴다. 또 대학병원으로 가는 콜이었다.

3.

택시를 부르는 콜 소리가 어느 정도 잠잠해지자 신경은 라디오
로 쏠렸다. 라디오에서 흘러나오는 목소리는 유쾌함을 넘어 심란한
지경에 이른 남자 목소리에서 차분하고 정갈한 여자의 목소리로 바
뀌었다. 아나운서인가.

- 57분 교통정보입니다. 잦은 교통사고로 전국의 곳곳이 정체
중입니다. 서울시 구간은 서초에서 반포 쪽으로 정체이고요, 시내
곳곳에 사고 차량이 비상등을 켠 채 대기하고 있습니다. 부산 방향
은 한남에서 서초, 신갈에서 천안까지 밀립니다. 전국 곳곳에서 발
생하고 있는 크고 작은 교통사고에 유의해주시기 바랍니다.'

교통방송을 들으니 김 사장이 심각하다고 말한 것이 떠올랐다.
김 사장이 심각하다고 말한 것은 정말로 심각한 것이다. 역시 김 사
장은 김 사장이었다. 그러니 일개 직원에서 사장까지 오른 것이 아
니겠는가 싶었다. 그나저나 정말로 소리를 못 듣는 사람들이 늘어
나고 있는 건가 싶었다.

- 57분 교통정보였습니다.

정갈하고 차분한 어조의 여자 목소리가 웅장한 음악과 함께 사
라졌다.

그리고는 다시 유쾌하다 못해 심란한 목소리의 남자 목소리가 들렸다. 서둘러 주파수를 이리저리 돌려 보았다. 찬송가가 들렸고, 불 경소리가 들렸으며, 다시 교통정보. 주파수를 다시 반대로 돌렸다. 다시 유쾌하다 못해 심란한 목소리의 남자가 들렸고, 이어 정반대의 분위기를 띄는 앵커의 목소리가 들렸다.

- 황진호 대통령이 금일 오후 4시, UHL과 관련해 김광원 국무총리의 긴급 보고를 받습니다.

UHL은 또 무엇인가.

- 확대 중수본 논의 결과를 보고받고 대책을 검토할 전망인데요. 위기 경보 발령이 결정될지 주목됩니다. 취재기자 연결해서 알아보겠습니다. 서다원 기자.

분명 앵커는 미간을 구기며 기사를 읽고 있을 것이라는 확신이 들 만큼 무겁고, 진지하게 말했다. 이어 기자의 목소리가 들렸다.

- 네, 청와대입니다.
- UHL의 확산세가 심각해지면서 범정부적인 대책도 논의될 것으로 보이는군요.
- 그렇습니다. 황진호 대통령은 금을 오후 4시. 김광원 국무총리에게서 UHL 관련 긴급 보고를 받을 예정입니다. 황 대통령은 이

자리에서 중앙사고수습본부 회의 논의 사항을 보고받고 UHL의 확산을 막기 위한 대책에 대하여 검토할 전망입니다. 특히 현재 위기 경보를 경계 수준으로 격상하는 결정이 이뤄질 것인지 주목됩니다.

분명히 이 기자도 미간을 구기며 말을 하고 있을 것이라는 확신이 들 만큼 무겁고, 진지하게 말했다. 유행인가. 그나저나 UHL이 무엇인지 당최 떠오르지 않았다. 신종 무기인가 싶기도 하고, 신종 마약인가 싶기도 하고. 매일 같이 택시를 모는 입장에서 세상의 잡다한 이야기를 라디오로 들으며 정치, 사회, 문화, 경제, 스포츠, 연예 등등 모르는 것 없이 살고 있노라고 자부하지만 UHL이 무엇인지 알 수가 없었다. 나라에서 위기 경보를 내릴 정도의 수준이라면 무기는 아닌 것 같고, 그렇다면 이것은 마약이라는 결론으로 생각이 쏠렸다. 그러니 나라가 확산을 막으려 하는 것이 아니겠는가. 하여튼 요즘 놈들이란. 온갖 안 좋은 것들은 다하고 산다는 생각이 들었다. 이어 이런 생각을 하는 것도 흔히들 말하는 꼰대인가라는 푸념도 들었다. 아울러 애들이 마약을 한다고 경계 태세까지 운운하며 막으려는 정부의 태도도 이상하다는 생각이 들었다. 이러다 계엄령까지 내리는 것은 아닌가, 하는 생각도 들었고, 황 대통령이 독재를 하려고 하나, 하는 생각도 들었으며, 황 대통령 사람 그렇게 안 봤는데. 믿을 놈이 없구나, 하는 생각도 들었다. 그리고는 다시 주파수를 돌렸다.

- 오후의 시작, FM 런치! 안녕하세요. 저는 진행을 맡은 유수인

입니다.

이번에는 청량한 목소리가 들렸다. 청량이라고 해야 하나, 싱그럽다고 해야 하나. 같은 말인가. 목소리는 중년인데 청량한, 오래전 최화정 씨의 목소리와 비슷한 목소리가 들렸다. 가만히 운전을 하며 청량한 목소리 가득한 라디오를 들었다.

 - 오늘의 게스트로 새로 개봉하는 영화 [노고단은 보라색이다]의 감독이신 최한표 감독님이 나오셨어요. 안녕하세요, 감독님.
 - 네, 안녕하세요, 수인 씨.
 - 노란색 선글라스가 인상적이에요.
 - 네, 얼마 전에 동묘에서 하나 샀습니다.

감독이라기보다 바리톤 성악가에 가까운 목소리였다. 감독이라는 사람의 굵직한 목소리에서 사내의 뚝심이 고스란히 느껴졌다. 이어 둘은 짧다면 짧고, 길다면 긴 인사치레를 했다.

 - 감독님, 요즘 날이 추운데 어떻게 하루를 보내세요?
 - 네, 공진단을 먹고 있습니다.

이런 식이었다. 이어 진행자가 게스트에게 청량한 목소리로 두서없는 질문을 던지고 그 두서없는 질문에 감독이라는 사람은 사람 좋은 웃음소리를 내고는 실없는 농담으로 응수했다. 감독의 응수에 진행자는 좋다고 웃었다. 이들의 대화를 들으며 작은 고민을 했다. 저 사람들은 진짜로 웃긴데 나만 웃기지 않은 건가. 요즘 유행하는 유머인가. 실없는 농담을 몇 번 주고받고는 진행자는 별안간 감독에게 추천곡을 받았다.

- 네, 저는 '번뇌시대'의 [Pink Pink _ Love Love]를 추천합니다.
- 이 곡을 추천하시는 이유는요?
- 애창곡입니다.

걸그룹 팀명이 '번뇌시대'라니, 정치적으로나 경제적으로나 참으로 혼란 가득한 시대에 적절한 비유가 아닌가. 무릎을 쳤다. 하지만 이것은 어디까지나 나의 단편적인 생각이었다. 번뇌시대는 108명의 소녀들로 이루어진 걸그룹이라며 영화감독은 차근히 설명을 해주었다. 감독의 설명을 듣는 내내 웃음이 멈추지 않았다. 곧이어 그가 추천한 음악의 간주가 흘러나왔다. 간주를 듣고 피식 웃음이 나왔다. 멜로디가 발랄한 것이 감독의 목소리와 어울리지 않는 노래였다. 간주를 들으며 108명이 어떻게 노래를 부를지 궁금했다. 노래는 훨씬 충격적이었다. 108명의 소녀들이 화음 없이 똑같은 음으로 발랄한 노래를 부르는 것이 아닌가. 그러며 한 번 더 웃음이 터졌다. 바리톤 같은 소리로 이 노래를 부르는 감독이라는 사람을 상상하니 웃음이 계속 새어 나왔다. 얼마나 웃었을까. 노래가 끝이 나고 광고가 나왔다. 콩트로 꾸며진 뚫어뻥 광고였다. 다음 광고는 새로 출시된 텔레비전 광고였다. 텔레비전에 4D 어쩌고 하는 기술이 들어갔다는 광고였다. 으레, 말도 안 되게 비싸겠거니, 하는 생각이 들었다. 광고가 끝이 나자 다시 진행자의 목소리가 들렸다. 이제부터 2부다. 2부에서는 주로 게스트인 감독이 이야기를 했고, 대부분은 자신이 연출한 영화에 대한 홍보였다.

- 배우들, 스태프들 모두 굉장히 고생해서 찍은 작품입니다.

- 그럼 지리산에서 찍으신 거예요?

- 노고단이 지리산에 있지만 영화에 더욱 멋진 풍경을 담기 위해 대부분의 촬영을 뉴질랜드에서 했습니다.

- 지리산이 배경인데 뉴질랜드에서 촬영을 하셨다고요?

- 네.

- 풍경이 다르지 않나요?

- 크게 다를 것도 없습니다. 풀 있고, 나무 있고. 아, 흙도 있습니다.

- 이번 영화 [노고단은 보라색이다] 더욱 기대가 됩니다. 무슨 내용인가요?

- 네, 이번 영화 [노고단은 보라색이다]는 한 남자의 인생에 대한 이야기입니다. 굉장히 나이브한 사람이 굉장히 스펙타클한 사건을 만나서 굉장히 멜랑꼴리해지는 데... 결국에는 다시 나이브한 삶을 되찾아가는 내용입니다. 굉장히 리드미컬한 영화고 또 굉장히 스피디한 영화니까 억지로 재미있게 보려고 하지 않으셔도 재미있게 보실 영화입니다. 이번 영화 많이 사랑해 주세요.

무슨 소리인가. 이 감독은 영화를 홍보하러 나온 것이었을까 아니면 영화를 망치려 작정하고 나온 것이었을까. 알쏭달쏭한 의문을 던져 주고 사라졌다. 나이브. 스펙타클. 멜랑꼴리. 다시 나이브. 모든 인생사가 그런 것 아닌가.

- 네, 멜랑꼴리해지는 데?
- 네?

감독이라는 양반이 말을 하려는 찰나.

- 저기 소리가....
- 네?

마이크에서 멀어졌는지 진행자의 목소리가 멀게 느껴졌다. 이어 청량함과는 거리가 먼 날카로운 말투로 바뀐 그녀였다.

- 야, 박 PD. 소리가 안 들려.

그리고는 감독의 목소리가 들렸다. 마찬가지로 멀게 느껴지는 소리였다.

- 사람 불러다 놓고 뭐 하자는 거야, 진짜. 게스트가 말하는 데 집중도 안 하고!

감독의 말이 끝나기 무섭게 우당탕하는 소리가 나왔다. 방송사고인가. 출연자들이 마이크를 친 듯 툭 소리가 났고, 이어 삐- 소리가 났다. 그리고는 곧 [Pink Pink _ Love Love]의 간주가 다시 흘러나왔다. 정말이지 세상은 요지경이구나 싶었다. 신신애였던가. 은인지 철인지 머리에 반짝이 치장을 하고 불렀던 그녀의 노래가 떠올랐다. 세상 사람들이 귀를 먹는 것도 요지경이요, UH 어쩌고 하는 마약을 요즘 것들이 투약하고, 이를 정부가 경계 태세까지 하며 규제하는 것도 요지경이며, 라디오에서 생방송 중에 진행자와 게스트가 싸우는 것도 요지경이라는 생각이 들었다. 그리고는 '세상은 요지경' 노래를 불렀다.

"세상은 요지경 요지경 속이다. 뭐였지? 아, 잘난 사람은 잘난 대로 살고, 못난 사람은 못난 대로 산다. 크, 가사 좋다."

한껏 핸들을 손바닥으로 치며 흥에 겨워질 때 즈음 앞차가 비상등을 켜며 급정거를 했다. 깜짝 놀라 핸들을 붙잡고, 브레이크를 세게 밟았다.

"뭐야!"

운전석 창문을 내려 고개를 빼꼼 내밀어 보았다. 교차로에서 교통사고가 난 것이다.
"흥 다 깨졌네."

교통경찰의 안내를 받아 사고 현장 옆으로 지나가는 찰나. 사고 현장이 눈에 들어왔다. 오른쪽에서 오던 차량이 들이받아 직진하던 차량 조수석 쪽 문이 찌그러져 있었고, 두 운전자는 밖에서 경찰과 보험회사 직원으로 보이는 사내 둘에게 자초지종을 설명하고 있는 듯 보였다. 한 운전자의 말이 들렸다. 창문을 내린지라 또렷하게 들렸다.

"들리지 않아요."

경찰이 되물었다.

"네?"
"소리가 안 들려요."

4.

우회전을 하니 어려 보이는 남과 여가 서 있었다. 여자는 남자에 기댄 채 정신이 없어 보였다. 정신이 없어 보인다는 말보다 정신이 나갔다는 말이 더 어울리는 표정을 짓고 있었다. 남자는 재촉하듯 팔을 빠르게 젓고 있었다. 두 번째 손님이었다. 갓길에 차를 세웠다. 남자는 여자를 부축하며 뒷자리 운전석 창가에 앉혔고 이어 남자가 탔다.

"서울대학병원으로 가 주세요."

미터기의 하늘색 주행 버튼을 누르고 악셀을 밟았다. 룸미러로
남과 여를 슬며시 보니 남자는 아랫입술을 문 채 여자의 오른쪽 귀
에 무언가를 발라 주고 있었다. 약이겠거니. 대수롭지 않게 생각하
며 앞을 주시하는 순간, 귀에 연고라, 저 여자도 귀가 안 들리는 건
가, 하며 다시 룸미러를 보았다. 남자는 언제 그랬냐는 듯 미간을
구기며 휴대폰을 보고 있었고 여자는 룸미러 안에서 보이지 않았
다. 창에 기대었겠거니. 앞에서 또 사고라도 났는지 신호가 여러 번
바뀌는 동안 정지선을 넘지 못했다. 차 안에서는 어색한 침묵이 흘
렀다. 어색한 침묵이라면 새벽의 물귀신으로 족하다는 생각이 들어
뒷자리 남과 여에게 말을 붙였다.

"조용하쥬?"

남자는 여전히 미간을 구긴 채 휴대폰을 보며 심드렁하게 대답
했다.

"뭐가요?"
"아까 라이닝 갈았거든요."
"라이닝이 뭐예요?"

남자는 여전히 미간을 펴지 않은 채 룸미러를 통해 나를 바라보

며 물었다. 하여간 요즘 놈들이란. 나도 모르게 짜증이 났다.

"라이닝이 라이닝이지 다른 라이닝이 있나유."

남자는 아무 대답도 하지 않은 채 고개를 숙여 다시 휴대폰을 보았다. 내심 라이닝을 모를 수도 있는데 괜히 짜증을 냈나 싶었다. 하기사 옆에 앉은 여인이 아프니 사내라면 응당 마음이 아린 것이 인지상정이거늘. 다시 흐르는 어색한 침묵에 습관처럼 기침을 했다. 신호를 받고 다음 도로로 나아갔다. 얼마 가지 않아 옆 차선에서 벌어진 교통사고에 눈이 갔다. 사고가 크게 났는지 렉카와 구급차 여러 대가 몰려 있었다.

"저기도 사고가 났네."

사고 현장 근처에 이르러 서행하며 자세히 살펴보았다. 앞차의 트렁크가 완전히 찌그러져 있었다. 피를 흘리는 사람들이 보였고, 운전석에 상체를 깊숙이 넣어 사람을 구하는 구조대원들이 보였다. 사고가 여러 군데서 벌어지고 있다는 것이 꺼림칙하게 느껴졌다. 크리스마스이브에 교통사고를 내자며 사람들이 서로 약속이라도 했나. 나는 그런 약속을 한 적이 없으니 사고가 나지 않으려나, 아니다. 가는 것에 순서가 없다고 또래 친구들부터 우리 세대의 어른들, 그 어른들의 어른들도 말했다. 고로 당장 내가 죽어도 이상하지 않다는 생각이 들었다. 아직 적금 만기도 안 끝났고, 연금보험을 수

령하려면 한참은 멀었다. 무엇보다 고생만 하는 집사람 호강 한 번, 우리 아이들에게 넉넉한 청춘을, 대출 없는 대학 생활을 마련해 주지는 못했지만, 그래도 남들 다 하는 것들 한 번씩은 시켜 줘야 하는데. 아무것도 해 주지 못하고 맞이할 죽음이라면 나는 무얼 위해 택시를 모는가. 죽음이란 빈손으로 왔다는 것을 상기라도 시키려는 듯 고스란히 빈손으로 가는 것. 어차피 빈손으로 갈 것을, 나는 왜 아등바등 사는가. 괜한 공허함에 잠기다가, 아니다, 살아 보자. 그래도 살아 보자, 두 주먹 불끈 쥐고, 어금니 꽉 깨물고 살아보자, 라는 마음을 잡아보고자 라디오를 켰다. 살아 있기에 누릴 수 있는 행복을 이야기하는 라디오 방송을 찾아 보자. 주파수를 이리저리 돌리며 룸미러 속 남자가 보였다. 남자는 여전히 미간을 펴지 않은 채 왼쪽 창 너머 교통사고 현장을 보았다. 요즘 친구들에게 죽음이란 낯선 것이니 눈을 떼지 못하겠지. 내 나이가 되어봐라. 나는 남자 손님에게 어른이 되어가는 것이란 무엇인가 이야기를 해 주기 위해 세상 가장 비장하게 물었다.

"짜고 치는 고스톱 같쥬?"
"네?"

룸미러를 통해 남자 손님과 눈이 마주쳤다. 눈에 힘껏 비장함을 담아 미간을 구기며 남자를 바라보았다. 역시 어른의 기세에 눌린 표정을 짓는구나.

"어떻게 짜고 치지 않는 이상 뻑이 이렇게 나냐고."

"뻑이요?"

"사고요, 사고. 아침부터 계속 사고가 나네. 이상해. 이러다가 나도 누가 때려 박는 거 아니여? 안 그려요?"

"네, 뭐."

"다들 소리가 안 들린다나 뭐라나."

남자 손님은 나의 기세에 눌렸는지 아무 말도 하지 못했다. 3초의 정적이 흘렀다. 그리고 이때다 싶었다. 3초의 정적이 흘렀을 때 삶의 지혜를 이야기해야 주목을 받을 수 있다.

"손님은 죽음이라는 놈을 마주해 본 적이 있어요?"

"네?"

"나는 그래요. 나는 죽음이라는 것이 참, 그 뭐랄까. 두렵달까? 그런데 한편으로 두렵지도 않아. 아니지. 나는 두렵지 않은데. 사람들은 많이들 두려워하는 것 같아요. 안 그래요? 그렇잖아. 죽는 것이. 뭔가 고통스러울 것 같기도 하고, 근데 또 어떻게 보면 고통스러울 것 같지도 않아. 왜냐. 죽었잖아. 죽었는데 어떻게 고통스럽냐고. 그러니까 살면서 견디지 못할 고통을 겪을 때 죽는 것이 아닌가 싶어. 그런데 나는 죽음이 두렵지가 않아. 왜냐. 어차피 우리는 빈손으로 왔으니까. 빈손으로 왔으니까 빈손으로 가는 것이 당연한 것이 아니겠는가, 하는 거지. 그것이 인생이고. 언젠가는 내려놓게 되어 있어요. 모든 것을. 저도 적금을 때려 넣고, 아직 연금보험은 수령도 못하고 살고 있지만, 언젠가는 내려놓을 것이다, 이 말입니다. 왜냐. 가는 것에는 순서가 없으니까. 근데 이상하게 죽고 싶지 않네. 아등바등 살아서 우리 와이프! 우리 애들! 호강은 못 시켜줘도 호강 근처까지는 시켜 주고 싶어요. 왜냐! 어른이니까. 나는 어른이니까. 그래야 하니까. 어른이면서 누군가의 남편이고, 누군가의 아빠고. 그러니까. 나는 그래서 살고 싶네? 개같은 인생."

어른으로서, 시대의 선배로서 젊은 친구에게 연설 아닌 연설을 늘어놓으니 마음 한 구석에서 후련함이 입 밖으로 한숨으로써 뿜어졌다. 내심 이 정도의 말을 할 정도면 국회의원은 못 해도, 구 의원 정도는 나가도 되겠다는 생각이 들었다. 남자 손님은 나의 연설에 감동했는지 고개를 푹 숙인 채 반성의 시간을 갖는 듯 보였다. 내심 '이것이 어른이다'라는 생각을 하는 찰나 앞에 차가 비상등을 켜며 멈춰서는 바람에 덩달아 급정거를 했다.

"죄송합니다."

또 사고인가 하는 생각이 들었다. 역시 죽음이란 가까운 곳에 있으며, 가는 것에 순서가 없는 것이구나, 싶었다. 허리를 반듯하게 세워 앞의 도로 상황을 보았다. 차들이 길게 늘어서 있는 모습이 눈에 들어왔다.

"또 사고인가 보네. 아니, 이게 무슨 일이래요. 아침부터 왠 물귀신 같은 여자한테 택시비도 못 받고."

"네?"

"목적지에 도착을 했는데 손님이 갑자기 소리가 안 들린다고 길바닥에서 주저앉아 우는데! 이야. 이렇게 택시비를 안 낼 수도 있구나 싶더라고요."

"그래서요?"

"뭘 그래서예요. 아침부터 똥 밟은 거지, 뭐. 그래서 동네 이비인후과 데려다줬죠, 뭐. 이비인후과 말고 보청기 가게로 갈 걸 그랬나?"

나도 모르게 웃음이 새어 나왔다. 카센터 김 사장이 매사 심각하기는 하지만 그래도 유머가 있는 놈이었구나, 하는 생각이 들었다. 헌데 두 손님은 웃지 않았다. 머쓱한 기분이 들어 웃음을 거두기 위해 억지스레 기침을 했다.

"그나저나 병원 가는 길이면 진료 예약은 했어유?"

"아니요."

"지금이라도 예약해요. 오늘 아침부터 서울대학병원 가는 차들 많던데."

"네."

사이드미러 너머로 요란하게 사이렌을 울리는 앰뷸런스가 보였다.

"저기 또 지나가네. 아침부터 병원 가는 콜이 얼마나 많이 뜨던지. 전화통이 불이 나더라고요. 띵동띵동. 얼마나 듣기 싫은지. 평소에 띵동 울렸으면 뭐랄까, 낚시터에서, 아, 더럽게 안 잡히네, 하면서 멍하니 있다가 입질이 온 것 같은 느낌? 그럼 신이 나지. 안 그래요? 근데 오늘은 무슨 비상경보처럼 울리니까. 그것도 병원을. 마음이 혼란하고 또 복잡한 것이. 불안하더라고요. 사고도 많이 나잖아요. 이러니 심장이 쿵쾅쿵쾅하고. 이 쿵쾅쿵쾅이랑 띵동띵동이 쌍으로 지랄을 하니까 더 심경이 복잡해지더라고요."

"저 병원에 전화 좀 할게요."

"그래요. 어서 해요. 어디? 외과? 아니면 내과?"

"아니요."

룸미러 너머로 여자의 모습을 보았다. 지친 기색이 두드러져 보였다.

"그럼 산부인과?"

"아니요. 이비인후과에요."

"아, 그쪽도 이비인후과. 이비인후과 사람 많던데? 아침부터. 아니 교통사고가 많으면 외과가 붐벼야지. 오늘 사고 난 거 싹 다 외과인데. 내가 또 차로 먹고 사니까. 교통사고면 무조건 외과라는 건 척하면 척이지. 보험은 있고?"

"아니요."

"나 아는 동생이 보험을 오래 했는데 그쪽으로 한번 알아봐 줄까요?"

"저 병원에 전화 좀 하겠습니다."

"네."

남자 손님은 전화기를 한참을 붙들고 있었다. 얼마나 붙들었나.
남자 손님의 표정이 일그러지기 시작했다. 심각한가. 이어 혜화역
을 지나는 순간 별안간 먼발치에서 폭발음이 들려왔다. 이화사거리
쪽. 또 사고인가 싶었지만 소싯적에 군대에서나 들었던 굉음 같았
다. 그보다 더한 굉음이었다. 크레모아 지뢰나 수류탄과 비교과 되
지 않을 폭발음. 이어 새까만 연기가 마치 빙산에 부딪힌 타이타닉
에 물밀려 들 듯 밀려와 급하게 차를 멈춰 세웠다. 이게 무슨 일인
가. 창 너머로 흩어져 가는 연기의 중심, 그 안을 자세히 보았다. 연
기가 짙은 탓에 당최 앞의 상황이 눈에 들어오지 않았다. 검은 연기
가 점차 흐려져 입을 가리고 운전석에서 내렸다. 연기의 중심을 향
해 걸어가니 교차로를 중심으로 사고 난 차들이 흩어져 있었다. 시
내버스 몇 대는 그야말로 박살이 났고, 일반 승용차와 트럭들을 비
롯해 평범한 직장인이라면 꿈도 못 꾸는 비싼 차들도 처참하게 찌
그러져 있거나 불타고 있었다.

"이게 무슨 일이야."

5.

　사방에서는 사이렌 소리와 크랙션 소리가 어지럽게 울렸지만 사고 중심에 도달한 경찰차와 구급차는 많지 않았다. 교통 혼잡으로 현장의 중심까지 도달하지 못한 것이다. 이런 탓에 경광봉을 든 경찰들이 차들 사이를 비집고 도보로 이동하였으며, 그 틈으로 구조 대원들이 들것을 들고 중심을 향해 달려가고 있었다. 외려 사고의 중심에는 노란색 사이렌을 단 렉카들이 즐비했다. 렉카는 어떻게 들어갔을까. 과연 렉카는 무적이구나. 렉카의 노란 사이렌이 번쩍이며 짙은 안개 속 물체를 산발적으로 비췄다. 교차로의 중심에는 거대한 무엇인가가 있었다. 일반적으로 교차로 중심에 있으면 안될, 상식에서 벗어난 거대한 무언가. 나는 무언가에 이끌리듯 연기의 중심을 향해 저벅저벅 걸어갔다. 이윽고 사람들이 눈에 들어왔다. 피를 흘리는 사람들과 의식을 잃은 듯 보이는 사람들. 마음이 다급해지기 시작했다. 우선 가장 가까운 곳에서 신음하고 있는 중년의 여성에게 다가갔다. 그녀는 콘크리트 더미에 하반신이 깔려 있었다.

　"괜찮아유?"

　중년의 여성은 고통에 사로잡힌 신음으로 대답했다.

　"아니, 이게 뭔 사건이래유?"

중년의 여성은 다시 신음했다.

"도, 도와주세요."
"아, 예. 도와드려야죠."

젖 먹던 힘이 어떤 힘인지는 오래전이라 가물가물하나 소싯적 주류 배달을 하며 익혔던 박스 등지기 기술로 들어보려 했다. 이 등지기 기술이라 함은 팔의 힘 그리고 허리의 힘과는 무관하게 온전히 다리의 힘으로 물건을 지거나 들어 올리는 기술이다. 힘을 주어 다리를 뻗어 보려는 순간 애꿎은 방귀가 새어 나와 쓰러져 있는 중년 여성의 얼굴에 정통으로 뀌기만 하고 다리는 펴지 못했다. 중년의 여성은 신음했다.

"죄송합니다."

정말이지 있는 힘껏 콘크리트 더미를 들어보려 했지만 역부족했다. 그때 멍청하게 주변을 둘러보고 있던 남자 손님이 보였다.

"어이, 거기 손님."

남자 손님은 말이 들리지 않는지 계속해서 주변을 둘러보고 있었다. 멍청한 표정으로. 남자 손님에게 다가가 팔을 붙들었다. 그는 놀라 나를 멍청한 표정으로 바라보았다.

"뭘 그렇게 놀래. 따라와. 나 좀 도와줘."

"아, 네."

남자 손님을 이끌고 중년 여성이 있는 곳으로 달려갔다. 콘크리트 더미를 등지고 다시 등지기 기술을 준비했다. 남자 손님은 여전히 멍하니 사방을 살폈다.

"어이, 뭐해?"

"네?"

"뭐하냐고. 안 도와줘?"

"아, 네."

"등지기를 할 거야."

"등지기요?"

"응. 등지기란 말이지 내가 소싯적에 주류 배달을 할 때 익혔던 기술인데 말이지. 팔의 힘, 허리의 힘과는 무관하게 온전히 다리의 힘으로 물건을 지거나 들어 올리는 기술이란 말이지. 자, 내 자세를 따라서 해."

남자 손님은 완성적인 등지기 자세를 취하지는 못했지만 어설프게라도 따라했다.

"그래. 이제 다리를 곧게 펴라고. 내가 셋을 외치면 펴는 거야."

"네."

"자, 하나, 둘, 셋."

우리 둘은 있는 힘껏 다리를 펴기 위해 어금니를 물었다. 콘크리트 더미가 조금 들렸다.

"됐어, 조금만 더!"
"근데 왜 아까부터 반말하세요?"
"뭐?"

이 어린 놈의 새끼가. 남자 손님의 말에 악이 받쳐 더 있는 힘껏 다리를 폈다. 이윽고 콘크리트 더미가 완전히 들렸다.

"아줌마, 안 나오고 뭐 해! 빨리 나와요!"

중년의 여성은 죽을 힘을 다해 더미 아래에서 기어 나왔다.

"자, 이제 천천히 내려놓자고."
"어떻게 내려놔요?"
"뭐?"
"들어 올리기는 했는데 어떻게 내려놔요?"
"이런 머저리를 봤나. 반대로 하면 되지!"
"반대요?"
"무릎을 천천히 굽히라고!"

"아, 네."
"내릴 때도 힘을 주고 있어야 해. 그래야 안전하게..."

말을 하는 중 더미가 급격히 내려앉기 시작했다. 온몸에 긴장을 놓지 않고 더미를 바닥에 내려놓았다. 이어 남자 손님은 외마디 비명을 질렀다.

"왜 그래?"
"허, 허리...."
"허리가 왜?"
"허리가 부러진 것 같아요."

병신.

"그래서 내가 천천히 내려놓으라고 했잖아! 몸에 힘을 빼지 말고! 그래야 안전하다고!"

남자 손님은 그대로 바닥에 앉아 고통을 호소했다.

"감사, 정말 감사합니다. 죽는 줄 알았어요."

중년의 여성은 울음을 삼키며 연신 고맙다는 말을 했다.

"아저씨, 죽을 것 같아요."

남자 손님은 허리를 붙잡으며 신음하기 시작했다.

"안 죽어. 어린 놈의 새끼가 허리 하나 삐끗했다고 엄살은."

주변을 다시 빙 둘러보니 중년의 여성과 같은 처지인 사람들이 여기저기 널브러져 있었다. 널브러져 있다는 말보다 널려 있다는 말이 더 어울리는 광경이었다. 그들을 보니 손이 떨리고, 다리가 떨리기 시작했다. 연기가 점차 옅어지며 거대한 무언가의 실체가 드러났다.

비행기와 무너진 빌딩.

"비행기가 왜."

미국에서 벌어졌던 9.11 테러가 한국에서 벌어진 것인가. 멀쩡한 사람들은 모두 교차로 중앙에 제대로 박힌 비행기를 신기한 듯 바라보고 있었다. 구조대원들은 다친 사람들을 들것에 실어 나르기 시작했다. 경찰은 사건 현장을 빙 둘러서기 시작했고 몇몇 경찰들은 호루라기를 불고, 경광봉을 휘두르며 교통정리에 나섰다. 현장의 모든 풍경이 늘어져 보이기 시작했다. 풍경 틈으로 낯선 모습이 눈에 늘어왔다. 귀. 귀를 후비거나 때리는 사람들. 카센터 김 시장이 유튜브에서 보았다고 했던 모습이 눈앞 여기저기서 펼쳐지고 있었다.

역시 세상은 요지경이구나. 어쩌다 이 지경에 이르게 되었을까.

곧이어 군인들이 들이닥쳤다. 군인들의 팔에는 흰 바탕에 빨간 십자가가 두드러지게 박힌 완장이 둘려 있었다. 군인들은 구조대원들을 도와 다친 사람들을 어깨에 들쳐 메고 상황을 수습하기 시작했다. 비교적 멀쩡한 사람들도 구조대원과 군인들을 도와 상황 수습에 나섰다. 구급차와 경찰차, 군인들의 트럭도 모자라 헬기까지 동원이 되었지만 다친 사람들이 워낙 많아 시내버스와 택시까지 동원이 되었다. 나도 이들의 수습에 동참하기 위해 환자 둘을 부축해 택시로 향했다. 택시 뒷좌석 문을 여는 순간 여자 손님이 보였다.

"괜찮아요?"

여자 손님은 대답이 없었다, 잠을 자고 있었다. 어떻게 이런 상황에 잠을 잘 수 있을까. 역시 요즘 것들은 세상에 관심이 없구나. 역시 요즘 것들은 이기적이구나. 어쩌다 요즘 것들은 이 지경에 이르게 되었을까. 그 모습을 보니 화가 치밀어 오르기 시작했다. 나는 여자 손님의 어깨를 툭툭 쳐 깨웠다. 여자 손님은 게슴츠레하게 눈을 뜨고는 나를 비롯한 피를 흘리고 있는 환자들을 보고는 눈을 동그랗게 뜨고 비명을 질렀다.

"손님, 옆으로 좀 가 봐요. 여기 환자들 태워야 해."

여자 손님은 찡긋 인상을 쓰더니 같이 타고 온 남자를 찾는 듯 주변을 이리저리 둘러보았다.

"남자 손님도 병원으로 갔을 거야."
"네?"
"남자 손님도 병원으로 갔을 거라고. 그러니까 옆으로 좀 붙어 봐. 여기 환자들 더 태우고 병원으로 갈 거니까."

여자 손님은 나를 빤히 보고는 입을 열었다.

"저 소리가 안 들려요."
"뭐?"
"남자친구 어디 갔어요?"
"같이 탔던 친구? 저기에..."

검지를 곧게 뻗어 남자 손님이 허리 통증을 호소하는 곳을 가리 켰다. 여자는 택시에서 내려 그를 향해 달려갔다. 에라, 모르겠다. 환자들을 뒷자리에 태우고 여자와 남자가 있는 곳으로 달려가 그들 을 부축해 택시에 태웠다. 교차로에서 빠져나오기 위해 후진 기어 를 넣고 악셀을 밟았다. 그러는 중 무언가를 세게 들이박았는지 쿵 소리가 났다.

"이런 니미럴."

혼란한 교차로를 빠져나와 반대편 방향으로 차를 몰아 병원을 향해 달려갔다. 병원으로 향하는 동안 자동차 뒤쪽에서 덜그럭 소리와 함께 쇠붙이가 바닥을 긁는 소리가 났다. 새벽의 라이닝 소리보다 크고, 더 듣기 싫은 소리였다.

"이런 니미럴."

교차로에서 후진하며 어딘가를 들이박아 범퍼가 너덜너덜해진 것이 마음에 걸렸다. 곧이어 뒤에서 우당탕 소리가 나며 바닥을 긁는 소리가 나지 않았다. 범퍼가 떨어져 나간 것이다.

"이런 니미럴."
"왜 욕을 하고 그러세요?"

조수석 뒤에 앉아 허리 통증을 호소하던 남자 손님이 미간을 구기며 물었다.

"하여튼 요즘 것들."

6.

"선생님, 여기 바이탈이 급격히 떨어지고 있어요!"

응급실 안은 의학 드라마에서 보았던 장면이 고스란히 펼쳐져 있었다. 병원 두 군데를 거쳐왔지만 두 군데 모두 의학 드라마의 장면이었다. 이번에도 나가리인가 싶었다.

"어떻게 오셨어요?"

간호사가 친절한 어투로 물었다.

"그게 저... 어떻게 설명을 해야 하나."
"우선 환자분들 침대로 모실게요."

위급해 보이는 환자 둘은 간호사가 곧바로 병상으로 안내해 주었다. 다른 간호사가 다가왔다.

"어떻게 오셨어요?"

다른 간호사는 표독하기 그지없는 표정으로 물었다.

"그게 방금 다른 간호사가..."

남자 손님이 나의 말을 가로챘다.

"소리가 안 들려요. 갑자기."
"네?"

간호사는 표독한 표정으로 남자를 빤히 보았다.

"아니, 저 말고, 제 여자친구요. 저는 허리를 다쳤습니다."
"보호자세요?"

표독한 간호사는 내게 물었다.

"아니요. 저는 택시 기사입니다."
"환자세요?"
"아니요. 혹시 청심환 같은 게 있을까유?"
"네?"
"놀란 가슴이 진정이 되지 않아서유."
"청심환은 없어요. 다른 약 필요하시면 진단서 끊어서 약국으로 가세요."
"네?"

간호사는 둘을 데리고 사라졌다.

"표독스럽기는."

틸레틸레 응급실에서 나와 로비 구석에 있는 의자 힘없이 앉았다. 새벽부터 겪은 모든 일들에 대하여, 이게 무슨 일인가 싶었다. 로비 중앙에 설치되어 있는 TV 속 뉴스를 보았다. 남자 앵커와 여자 앵커 모두 심각한 표정으로 앉아 있었다.

- 오늘 시각 12시 30분. 20년 전 9.11 테러에 버금가는 비행기 테러가 서울에서 벌어졌습니다. 먼저 처참했던 당시 상황을 박재완 기자가 전해드립니다.

화면이 바뀌며 멀쩡했던 이화사거리가 나타났다.

- 교통 혼잡이 빚어지고 있던 12시 30분 서울 종로의 이화사거리. 거대한 그림자가 도로를 덮칩니다. 이윽고 추락을 하는 여객기. 여객기가 추락하는 중 근처 빌딩에 날개가 충돌하며 건물이 그대로 주저앉습니다. 이어 곤두박질치는 여객기. 곧이어 굉음이 터집니다.

기자의 설명에 따라 CCTV 영상이 진행되며 사고 당시의 모습이 고스란히 담겼다. 참혹하기가 설명할 수 없을 만큼 끔찍했다. 곧이어 현장 여기저기서 연쇄적으로 폭발이 벌어지며 검은 연기가 사방으로 퍼져 나갔다. 화면은 사고 이후 현재의 이화사거리의 풍경으로 바뀌며 안전모를 쓴 기자가 나타났다.

- 현재까지 거리에는 피투성이가 된 채 비명을 지르는 사람들과 심한 화상을 입은 사람들이 뒹굴고 있습니다. 테러로 추정되는 이번 사고로 현재까지 천여 명 이상의 사상자가 확인되었습니다. 우리 정부와 군 당국은 이번 사고에 대하여 철저한 수사를 진행할 예정이라고 밝혔습니다.

이후의 뉴스들도 이화사거리에서 벌어진 일들에 대하여 반복적으로 보도를 이어 나갔다. 사건이 현실이라는 것이 믿기지 않았다. 돌이켜 보면 새벽부터 믿기지 않는 일들로 가득했다. 소리가 들리지 않는다는 물귀신과 생각보다 비쌌던 라이닝 교체비, 그리고 UHL이라고 하는 신종 마약과 계엄령을 선포하려고 하는 정부, 귀를 없애려는 듯 손가락으로 쑤셔대는 사람들 그리고 이 모든 것들의 대미를 장식하는 비행기 테러. 또 무슨 놀라운 사건이 벌어져도 시시할 것 같은 하루였다. 아니지. 아직 하루의 절반밖에 흐르지 않았다. 또 무슨 일이 벌어질 것인가. 내심 두려워지기 시작했다. 불현듯 걱정 하나가 두둥실 떠올랐다. 우리 가족은 괜찮으려나. 아내에게 전화를 걸어보려는 순간 어디선가 들어본 발랄한 음악이 들려왔다. 차에서 라디오로 들었던 노래. 번뇌시대의 Pink Pink _ Love Love. 음악이 들리는 쪽을 향해 무의식적으로 고개를 돌려보았다. 딱 봐도 비싸 보이는 무스탕과 알이 거대한 새까만 선글라스를 낀 남자. 그의 휴대전화 벨소리였다.

"여보세요."

어디선가 들어본 목소리. 굵직한, 바리톤 성악가 같은 목소리.
사내의 뚝심이 고스란히 느껴지는 그런 목소리.

"네, 최한표 감독입니다."

세상은 정말 요지경이구나.

case3. 번뇌시대

1.

소녀시대를 기억하는가. 지금으로부터 십여 년 전 뭇 청춘 사내들의 마음을 사로잡아 어지럽혔던. 그야말로 시대의 아이콘이었던 소녀시대를 말이다. 갓 데뷔했던, 풋풋하기 그지없었던 그녀들이 꽃단장을 한 채 핑크빛 조명과 형형색색의 풍선으로 가득한 무대에서 멀쩡한 세계가 낯설었는지 세계를 다시 만났다며 부르짖었던 시절부터 동그라미 문양 가득한 제과점 사탕을 흔드는 시기를 지나, 하얀 제복을 입고 소원을 말해 보라며 사내들에게 종용을 했던 때. 아, 당시 군대에서 일병이었다. 정확히는 일병 4호봉, '일꺽'이었다. 내무반에서 텔레비전을 통해 그녀들을 보며 계급이 계급인지라 혼잣말로, 내 소원은 말이다, 했던 때. 갓 들어온 신병과 후임들에게 그녀들의 춤을 따라서 추며 노래를 불렀다.

♬ 그래요. 난 널 사랑해 언제나 믿어. 꿈도 열정도 다 주고 싶어. 난 그대 소원을 이뤄주고 싶은 행운의 여신. ♬

선임이 물었다.

"야."

"일병 최한표."

"너는 소원이 뭐냐?"

"저 말씀이십니까?"

"그래, 너."

"제 소원은..."

그 당시 그토록 간절한 나의 소원, 그 옛날 김구 선생님이 그토록 간절히 바라셨던 '조국의 독립'과 비교해 굉장히 남루하고 비루하기 짝이 없는 '제대'라는 소원을 빌었고, 아울러 국가의 평화보다 우리 가족의 안녕을 아홉의 소녀들에게 기원했었다. 후임들은 이런 나의 소원에 관심이 없는지 전신을 꿈틀대고 흐느적거리며 그녀들을 흉내 내고 있었다.

♪ 소원을 말해 봐! I'm Genie for you boy! 소원을 말해 봐! I'm Genie for your wish! 소원을 말해 봐! I'm Genie for your dream! 내게만 말해 봐 ♪

"그게 다야?"

선임이 퉁명스레 물었다.

"야, 한표야. 저 누나들이 네 개만 말해 보라잖아. 두 개 더 말해 봐."

"잘 못 들었습니다?"

"네 개만 말해 봐, 이러잖아."

아마도 '내게만 말해 봐'라는 가사를 두고 농담을 하는 듯 보였다. 정말 재미없는 농담이었지만 이 농담에 웃어주지 않고, 맞장구를 치지 않으면 저녁점호 이후 집합이 있을 것이라는 두려움이 본능적으로 들었다. 그래서 선택한 방법. 빙그레 웃었다.

"사실 영화감독이 되고 싶습니다!"

나의 소원을 들은 선임은 고개를 끄덕이며 감탄의 박수를 쳤다.

"멋있다. 이제 소원 세 개 말했으니까. 하나 더 말해 봐."

"아직 생각 못했습니다."

선임의 표정은 급속도로 굳어졌다.

"씨발. 재미 더럽게 없네. 저녁 점호 지나서 내 밑으로 다 화장실 집합."

선임의 지시로 소녀시대를 따라 해 보겠다며 열심히 끙끙거리던 후임들의 소리가 멈추었고, 빙그레 웃고 있던 나의 입꼬리 끝에 작은 경련이 일었다. 그날 저녁 점호 이후 우리 소대의 대원들은 화장실에서 얼차려를 받고, 구타를 당했다. 다른 내무반의 대원들은 이유 없이 맞는 것에 익숙해진 터라 그러려니 넘어갔지만 우리 내무반의 후임들은 이 모든 원인이 집합을 건 선임에게 그리고 내게 책임의 소지가 있다고 생각했을 것이다.

"미안하다."

화장실에서 나오며 후임들에게 사과를 했다.

"괜찮습니다."

그때 그들의 표정을 보았다. 괜찮다고 이와 상반되는 그들의 표정을. 다음 날 연병장 주변을 지나며 그들의 표정에 무슨 의미가 담겨 있는지 알게 되었다.

"아니, 소원 하나 더 말하는 게 어려운 거야? 구라라도 쳐야지."

그렇다. 원망이었다.

그렇게 나의 소녀시대는 끝이 났고, 그 후 여러 스타일과 국적의 소녀들이 속한 걸그룹이 대거 등장했지만, 당최 눈길이 가지 않았다. 그토록 바라던 '제대'는 시간이 해결해 주었고, 가족의 안녕은 영화감독이 되겠다며 부모님의 속을 썩였던 내가 군에 입대하는 바람에 자연스레 안녕을 누렸기에 바라지 않아도 될 소원이었으며, 가장 큰 소원이었던, 마지막으로 빌었던 소원 하나. 영화감독이 되고 싶다는 막연하지만 간절했던 꿈 하나는 한참이 지나 이루어졌다. 배급사와 미팅을 마치고 집으로 돌아가는 차 안에서 문득 이런 생각이 들었다.

'소녀시대 덕인가.'

집으로 돌아와 샤워를 마치고 가운만 입은 채 한강이 보이는 발코니에 앉았다. 티끌 없이 투명한 잔에 뉴질랜드 로케이션 촬영 때 선물 받았던 와인을 따르고는 소녀시대의 근황에 대하여 알아보았다. 웹에서 찾은 그녀들의 최근 모습은 소녀가 아니었다. 그도 그럴 것이 십여 년이 흘렀으니 현재까지 소녀라면 필시 논란의 대상이 될 것이 뻔하지 않겠는가. 그녀들과 관련한 기사를 찾아보는 중 그녀들의 전성기를 이을 새로운 아이돌이 등장했다는 사실을 알았다. 이름하여 번뇌시대. 소녀시대에 미모의 소녀가 아홉이라는 점에서 아이디어를 착안한 그들의 소속사 대표의 인터뷰를 보았다.

'소녀시대는 미모가 출중한 아홉 명의 소녀들로 이루어진 팀으로 당시 한국 가요계에 큰 대란을 불러일으켰습니다. 그래서 저희 JS엔터테인먼트는 그들의 열두 배인 108명을 보유한 번뇌시대를 고안했습니다. 여기에는 제가 불교 신자인 이유도 있지만, 12라는 숫자가 가진 의미가 다양하지 않습니까. 우리 삶을 반으로 나누어

오전과 오후로 나누었을 때 모두 12시간씩 차지를 하고 있습니다. 그리고 일 년은 열두 달이잖습니까. 피아노 건반 한 옥타브의 반음이 열두 개, 그리고 자축인묘진사오미신유술해 십이지지. 그리스 신화의 신들과 예수의 제자는 열두 명, 오해의 소지가 있을 수 있으니 저는 불교입니다. 여하튼 그래서 12가 가진 의미가 남다르니 소녀시대보다 열두 배 많은 수의 소녀들로 팀을 꾸렸습니다. 이 번뇌시대를 만들면서 난항을 많이 겪었습니다. 그때 겪었던 108가지의 번뇌를 고스란히 번뇌시대의 앨범에 담았다는 것을 여러분이 알아주시기를 바랍니다. 끝으로 정말이지 많은 것들을 시도해 보고 싶었습니다. 가수, 배우, 모델의 영역까지 우리 번뇌시대가 거대한 사단이 되어 우리 대한민국 연예계의 수장이 되겠습니다. 지켜봐 주세요!'

인터뷰 내용 아래에는 소속사 대표가 잇몸이 만개한 미소를 보이며 엄지를 자신있게 내밀고 있었다. 화면을 스크롤 하니 그를 응원하는 댓글과 번뇌시대를 응원하는 댓글로 가득했다. 번뇌시대. 108명이라. 번뇌시대의 앨범에 수록되어 있는 곡도 심지어 108곡이나 되었다. 정말 대단하다는 생각이 들었다. 번뇌시대의 음악을 틀고 스피커의 볼륨을 높였다. 그녀들의 음악 바탕에 깔려 있는 저음의 베이스 소리에 발코니 창은 물론이고 바닥까지 진동이 울렸다. 심지어 잔 안의 와인 위에 옅은 물결이 일었다. 노래가 시작되며 와인을 한 모금 마시고 창밖의 한강과 그 너머 강남의 야경을 바라보았다. 저 화려한 불빛 속에 얼마나 많은 이들의 번뇌가 녹아 있을까. 어쩌면 저 불빛을 내는 동력은 인간의 번뇌가 아닐까 하는 생각이 들었다. 시대는 바야흐로 번뇌시대다.

2.

온몸을 휘어 감는 냉기와 강렬한 빛 그리고 요란한 음악 소리라는 삼박자가 어우러진 탓에 잠에서 깼다.

"뭐야. 벨소리가 왜 이래."

휴대폰 벨소리였다. Pink Pink _ Love Love. 다른 사람의 휴대폰인가 싶어 휴대폰을 뒤집어 보았다. 잔뜩 화가 난 피카츄 그림이 있는 케이스를 보니 다른 사람 휴대폰은 아닌 것 같다.

"뭐야. 벨소리 언제 바꿨지."

술김에 벨소리까지 번뇌시대 음악으로 바꿨나. 주변을 둘러보니 발코니였다.

"왜 여기 있지."

끊임없이 울리는 벨소리에 우선 전화를 받았다. 이번 영화를 함께한 곽준평 배우의 전화였다.

"여보세요."
"감독님, 괜찮으세요?"

괜찮냐니.

"뭐가?"
"목소리가 왜 이렇게 잠기셨어요?"
"추워."
"어제 기억 안 나세요?"
"어제?"
"어제 새벽에 전화하셨잖아요."
"내가?"
"네."

또 주사가 도졌구나 싶었다.

"어제 전화하셔서 번뇌시대에 대해 어떻게 생각하시냐면서... 기억 안 나세요?"
"내가?"
"네. 저 화려한 불빛 속에 얼마나 많은 이들의 번뇌가 녹아 있는 줄 아냐면서 버럭 소리치시고, 또 뭐라고 했더라. 어쩌면 저 불빛을 내는 동력은 인간의 번뇌가 아니냐면서 우셨잖아요."

"내가?"

곽준평 배우는 호탕하게 한번 웃고는.

"지금은 바야흐로 번뇌시대다! 이러셨어요. 어제 문세진 배우랑
이영중 배우랑 같이 있었는데 얼마나 웃었는데요. 역시 천재 감독
은 다르구나 생각했습니다. 많이 배웠습니다."

수치심이 들어 홀로임에도 고개를 푹 숙였다.

"감독님."

"응."

"오늘 라디오 출연 일정 있는 거 아시죠? 그거 FM 런치."

"응. 알지."

"여보세요?"

"응, 말해."

"여보세요? 감독님?"

내 목소리가 작았나 싶어 언성을 높여 대답했다.

"응?"

"여보세요? 뭐야 전화가 왜 안 들려. 여보세요? 감독님? 뭐야."

전화가 끊어졌다. 보통 이런 상황에는 전화를 다시 걸기 마련이라는 생각이 들었다. 역시 전화가 다시 걸려왔다.

"여보세요? 감독님?"

곽준평 배우의 목소리가 들렸다.

"여보세요."
"여보세요?"

서로 '여보세요'라는 말을 다양한 톤과 감정으로 주고받았다. 처음에는 나지막하게 주고 받다가 점차 언성과 감정이 뒤섞이기 시작했다. 우리는 '여보세요'라는 대사를 중심으로 크레센도, 즉 점점 세게 하라는 지시로 가득한 악보를 연주하는 교향악단의 연주 같은 연극을 빚어냈다. 마치 발단, 전개, 위기, 절정의 과정이었달까.

"감독님?"
"어. 말해."
"여보세요?"

그리고 다시 전화가 끊어졌다. 그렇게 결말이 없는, 발단에서 절정뿐인 허무맹랑한 '여보세요'가 난무한 극은 끝이 났다.

"뭐야."

다시 전화가 오겠지. 거실 TV에 뉴스를 틀어둔 채 SNS를 확인했다. 하룻밤 사이 팔로워가 늘었다. 아직 영화는 개봉도 안 했는데, 미심쩍은 마음이 들었다. 논란의 여지도 없이 조용히 지냈는데. SNS 화면을 스크롤 하니 곽 배우가 올린 게시물이 눈에 들어왔다. 그의 양옆에는 이번 영화 [노고단은 보라색이다]에 함께 출연한 문세진 배우 그리고 이영중 배우가 즐거운 표정으로 함께 있었다. 그리고 그들의 사진에 나의 계정이 태그되어 있었다. 이런 이유로 팔로워가 늘었구나. 그들의 모습이 담긴 사진을 보다가 발코니에 덩그러니 놓인, 지난밤 고독의 흔적인 와인병과 잔을 보았다. 왠지 모를 씁쓸한 생각이 들었다. 곽 배우가 사진 아래 적은 글을 보았다.

　　'화려한 불빛 속에 얼마나 많은 이들의 번뇌가 녹아 있을까. 어쩌면 화려한 불빛의 동력은 인간의 번뇌가 아닐까. 지금은 바야흐로 번뇌시대.'

　　그의 글을 보니 씁쓸함에 부끄러움이 더해졌다. 그리고 한편으로 괘씸하다는 생각이 들었다. 나의 센치한 감성을 훔쳐 자신의 센치함으로 위장한 것이 아닌가. 고요한 호수에 빗방울 하나 떨어진 듯 불편함이 동심원을 그리며 퍼져나가는 찰나 목구멍에서 와인 때문에 신물이 올라왔다. 신물을 애써 삼키고 시계를 보니 10시가 넘고도 30분이 다 되어가고 있었다. 상암동까지는 한 시간. 방송은 12시. 씻고, 출발하면 얼추 방송 전에 맞춰 가겠다는 생각이 들었다. 샤워를 마치고 머리를 말리는 동안 휴대폰을 보았다. 곽 배우에게 온 전화는 없었다. 헤어 드라이기를 끄니 거실 TV에서 앵커의 목소리가 들려왔다.

- 지난 23일, 어제죠. 자정 무렵 지하철 3호선 신사역에 마치 좀비영화를 연상시키는 소동이 벌어져 화제가 되었습니다. 그 영상 함께 보시죠.

강남에 좀비라. 새로 입을 팬티를 집어 들고 실오라기 하나 걸치지 않은 채 홀린 듯 TV 앞에 서서 뉴스를 보았다. 앵커는 화면의 상황을 설명하기 시작했다.

- 지난 23일 자정 무렵 지하철 3호선 신사역입니다. 한 남자를 중심으로 인파가 몰려있습니다. 이 남자는 70대로 추정이 되는데요. 기괴한 자세로 자신의 귀를 학대하기 시작합니다. 그의 귀와 뺨에서는 피가 흐르고 있는 것으로 보입니다. 지하철이 들어서고 문이 열리자 사람들이 다급하게 지하철 안으로 뛰어 들어가기 시작합니다. 이어 지하철 문이 닫히자 남자는 지하철 문을 두드리며 사람들을 위협하기 시작합니다. 같은 시간 지하철 안. 한 여자도 자신의 귀를 학대하기 시작합니다. 지하철 안 승객들은 혼비백산하며 비명을 지르거나 여자를 경계하기 시작합니다. 이어 여자의 지인으로 보이는 한 승객이 다음 역에서 여자를 부축하여 급하게 내립니다.

화면은 다시 스튜디오로 전환되며 카메라는 앵커를 비추었다.

앵커는 이를 좀비 영화 같다며 경찰이 현재 사건의 진상을 파악하고 있다고 전했다. 저 앵커는 좀비 영화를 본 적이 없는 사람임이 분명해 보였다. 좀비는 자신을 학대하지 않는다. 이것은 좀비 영화의 룰이다. 자신을 학대하는 것은 자아가 분명한 존재만 가능한 것인데 좀비는 살아 있는 시체를 뜻하는데 자아를 가지고 스스로를 학대한다면 그것이 좀비인가. 나는 혀를 차며 팬티를 입었다. 옷을 갖춰 입는 동안 휴대폰에서 다시 [Pink Pink _ Love Love]가 울렸다. 곽 배우겠거니, 하지만 곽 배우가 아닌 곽 배우의 매니저인 동엽이의 전화였다.

"여보세요."
"안녕하세요, 감독님."
"그래. 무슨 일이야?"
"그게..."
"그게 뭐?"
"그게... 오늘 준평 형님이 라디오에 못 나갈 것 같습니다."
"그게 무슨 말이야, 갑자기?"
"그게 저도 자세히는 모르지만 갑자기 소리가 안 들린다고 합니다."
"소리가 안 들린다니?"

동엽이의 말을 정리하자면. 곽 배우가 다른 배우들과 술자리를 가진 후 동엽이는 그를 집까지 데려다줬다고 했다. 그게 자신이 목격한 전부라고 했다. 그래서 배우들이 무슨 이야기를 했느냐 물었더니 잠시 망설이길래 무슨 이야기를 했느냐고 다그쳤다. 동엽이는 바짝 얼어붙은 말투로 지리산이 배경인 영화인데 뉴질랜드까지 갈 필요가 있었느냐며 서로 언성이 높아졌다고 했다. 그렇게 곽 배우와 이영중 배우, 이 둘의 의견으로 갈라져 곽 배우는 뉴질랜드와 지리산은 엄연히 다르고, 로케이션 촬영은 어긋난 파이팅이라고 생각하지만, 이 모든 것이 감독의 연출력이 빛나는 순간이라고 일축했고, 이영중 배우는 뉴질랜드와 지리산은 엄연히 다른 곳이라며, 이런 설득력 없는 로케이션 촬영은 관객을 기만하는 것이라고, 이것이야말로 사기이자 기만이라고 했다. 이 둘의 대립은 술집의 공기마저 얼어붙게 할 만큼 살벌했다고 했다. 이런 갈등 속에서 이들의 유혈 사태를 막은 사람이 문세진 배우라고 했다. 문세진 배우는 이둘이 서로의 오른손을 말아 쥐며 서로를 향해 뻗으려는 찰나 용기있게 그들 사이에 섰다고 했다. 그리고 문세진 배우가 두 눈을 질끈 감고 말했다고 했다.

"뉴질랜드와 지리산은 엄연히 다르고! 최한표 감독님의 명백한 어긋난 파이팅이 맞아요! 근데! 재미있었잖아요! 코알라도 보고! 그리고 영중 오빠는 신기하다고 유칼립투스까지 먹였잖아요!"

문세진 배우의 말이 끝나자 다시 정적이 흘렀고 자리에 함께 했던 이들이 뉴질랜드의 코알라를 떠올리며 다시 평화를 되찾았다고 했다. 그리고 곽 배우에게 걸려 온 한 통의 전화. 내가 술에 취해 전화를 건 것이었다. 곽 배우는 모두에게 감독님에게 전화가 왔다며 검지를 입술 앞에 두어 조용히 하라는 제스처를 취하고는 가만히 나의 말을 들었다고 한다. 그렇게 나와의 통화를 마치고 눈물을 글썽이며 말하기를.

"우리가 이럴 때가 아니다."

그리고는 술집 창밖의 네온사인을 물끄러미 바라보더니 양손으로 거대한 유리창을 거칠게 치고는 어금니를 꽉 깨물고 힘 있는 어조로 말했다,

"저 화려한 불빛 속에 얼마나 많은 이들의 번뇌가 녹아 있을지 생각해 봤어?"

이영중 배우는 거대한 눈망울을 더 거대하게 뜨며 묻기를.

"갑자기요?"

이런 반응에 아랑곳하지 않고 곽 배우는 말했다.

"어쩌면 화려한 불빛의 동력은 인간의 번뇌가 아닐까!"
"네?"

곽 배우는 두 주먹을 불끈 쥐고 힘차게 뻗으며 외쳤다.

"지금은 바야흐로 번뇌시대다! 우리가 배우로서 어떻게 예술을 해야 하는가!"

그 자리에 있던 모두가 곽 배우의 번뇌 연설에 박수갈채를 보냈다고 했다. 곽 배우는 이들의 박수갈채를 공손히 잠재우며 휴대폰을 꺼내 들었다.

"야! 이영중, 문세진! 셀카 한 번 찍자. 예술가답게!"

그렇게 셋이 셀카를 찍었고 곽 배우는 그대로 잠들었다고 했다. 이것이 동엽이가 말하는 지난밤의 진실이었다. 동엽이는 모든 말을 마치고 기는 목소리로 이것이 전부라고 했다. 나는 괜한 것을 물었다고 생각했다.

"그래서 소리는 왜 안 들린다는 거야? 아직 술이 덜 깬 거 아니야?"
"준평 형님이 술은 약하지만 또 금방 깨는 것 같아요. 어제 집 앞에 도착했을 때 술이 다 깼거든요. 이번에 새로 나온 텔레비전 틀어 보지도 못했다고, 그걸로 영화 한 편 보고 잔다고 했어요."

후. 한숨이 나왔다.

"텔레비전?"

"네."

당최 무슨 소리를 하는 건지.

"동엽아. 일단 곽 배우 집에 가 보고 전화 줘. 우선 나는 방송국으로 출발할 테니까."

"네."

전화기를 끊고 신경질적으로 휴대폰을 소파에 던졌다. 그리고 서늘함을 느꼈다. 누군가 쳐다보는 것 같은 느낌. 그곳을 따라 잽싸게 바라보고 화들짝 놀랐다. 텔레비전 옆 유리 장식장에 비춰진, 실오라기 하나 걸치지 않는 나의 모습. 비루하구나. 너덜너덜 부엌으로 가 냉장고에서 공진단을 하나 꺼내 먹고, 들고 있던 팬티를 입었다.

3.

"준평 씨는요?"

FM런치의 박 PD가 냉담한 표정으로 물었다.

"그게 개인 사정으로 오늘 출연이 힘들 것 같다고 하네요."
"이렇게 갑자기 펑크내면 안 되죠."

왜 나한테 지랄이지?, 라는 생각이 들었다. 그래도 으레.

"죄송합니다."
"미치겠네."

박 PD는 제 머리를 긁적이며 자리를 벗어났다. 이어 [Pink Pink _ Love Love]가 울려 퍼졌다. 동엽이다.

"어. 어떻게 됐어?"

동엽이는 세상 잃은 말투로 말했다.

"감독님. 심각한 것 같습니다."

그의 말에 화가 나기 시작했다.

"무슨 소리야?"
"준평 형님이 진짜 소리를 못 듣는 것 같아요."

곽 배우에 대한 걱정보다 이 말 같지도 않은 말을 하는 동엽이에

116

게 화가 나기 시작했다.

"너희 소설 쓰냐?"
"소설이 아니라 진짜입니다, 감독님."
"너 준평이랑 짜고 나 엿 먹이려는 거 아니야? 거짓말도 말이 되는 거짓말을 해야지. 뭐 소리가 안 들려? 내가 그렇게 우스워? 내가 만만해?"

나도 모르게 전화기에 소리를 치고 있었다는 사실을 알게 된 것은 주변 사람들의 시선에 따가움을 느낀 후였다. 나는 다시 목소리를 낮춰 물었다.

"너 방금 그 말 거짓말이면 가만 안 둬."

전화를 끊으니 화 때문인지 머리가 온통 새하얘지기 시작했다. 멀쩡한 귀가 갑자기 안 들린다니. 무슨 말 같지도 않은 소리를, 하고 있던 이때 누군가 나의 어깨를 툭 쳤다.

"감독님."

뒤를 돌아보니 더벅머리에 빨간색 뿔테 안경을 쓴 여자가 서 있었다.

"누구세요?"

예민해진 탓에 나도 모르게 날카로운 표정과 어조로 그녀를 대
했다.

"안녕하세요. FM런치 작가입니다."
"아, 네."
"오늘 방송 질문지가 담긴 대본입니다."
"아, 네."

작가는 조심스레 목례를 하고 종종걸음으로 사라졌다. 대본 속
질문들을 하나씩 훑어보니 더욱 화가 치솟기 시작했다. 대본 속 하
나부터 열까지 대부분 곽 배우에 대한 질문 뿐이었다. 이때 누군가
다가와 인사를 했다.

"안녕하세요."

FM런치의 진행자인 유수인 씨였다.

"네. 안녕하세요."
"곽준평 배우님은요?"

그녀의 질문에 나도 모르게 정색을 하고 대답했다.

"안 옵니다."

"네?"

그녀는 굳은 표정으로 반문했다.

"왜 안 와요?"

"안 온다면 안 오는 거지 왜 안 오는지 제가 어떻게 압니까, 예?"

"아, 네."

수인 씨는 잔뜩 겁먹은 얼굴로 자리를 벗어나 스튜디오로 들어갔다. 스스로에게 괜한 사람에게 화풀이를 했다는 생각에 미안한 마음이 들었지만, 말 같지도 않은 거짓말을 하는 곽 배우와 이를 옹호하는 동엽이의 태도가 계속 신경 쓰였다. 가만히 생각해 보니 이런 마음의 뿌리로 작용하는 사건이 있지 않을까, 하는 생각이 들었다. 시간을 거슬러 천천히 일과를 되짚어 보았다. 그러니 화에 대하여 세 가지 발전 단계로 정리를 할 수 있었다. 첫 번째는 아침에 했던 곽 배우와의 통화였고, 두 번째는 동엽이에게서 들은 지난밤 그들의 술자리에서 벌어진 것이며, 이를 폭발시킨 것은 방송국에서의 동엽이와의 통화였다. 화를 삭여야겠다는 생각이 들어 주머니에서 공진단 하나를 꺼내 먹은 순간.

"최한표 감독님."

스튜디오 앞에서 박 PD가 불렀다. 화를 삭이지 못한 채 그를 넌지시 바라보았다.

"이제 방송 들어갑니다."
"네."

부스에 들어가 자리에 앉아 헤드폰을 머리에 썼다. 수인 씨가 힐끔힐끔 나를 보는 것이 느껴졌다. 그녀에게 미안한 마음이 들어 방송 전 그녀에게 말했다.

"아까 죄송했습니다."
"아니에요. 사람이 예민할 때도 있는 거죠. 파이팅입니다, 감독님!"
"감사합니다."

경쾌한 멜로디의 음악이 끝나자 수인 씨가 낭랑한 소리로 진행을 시작했다. 그녀는 살짝 나의 눈치를 살피고는 인사했다.

"안녕하세요, 감독님."
"네. 안녕하세요, 수인씨."
"노란색 선글라스가 인상적이에요."
"네, 얼마 전에 동묘에서 하나 샀습니다."
"감독님, 요즘 날이 추운데 어떻게 하루를 보내세요?"

"네, 공진단을 먹고 있습니다."

아직 화가 덜 삭여졌는지 헛소리가 새어 나왔다. 수인 씨는 공진
단의 그램 수가 어떻게 되느냐, 평소 몇 알을 먹느냐 등등 공진단에
대하여 대본에도 없는 질문을 하기 시작했다. 웃으라고 하는 소리
같으니 웃는 척이라도 해야 하는 것이 예의라는 생각이 들어 웃으
며 질문을 받아 주었다. 그리고는 대본으로 돌아와 추천곡을 물었
다.

"네, 저는 '번뇌시대'의 [Pink Pink _ Love Love]를 추천합니
다."
"이 곡을 추천하시는 이유는요?"

질문에 떠오르는 답이 없어 그만 거짓말을 하고 말았다.

"애창곡입니다."

이어 [Pink Pink _ Love Love]의 전주가 흐르기 시작하며 안도
의 한숨이 뿜어져 나왔다. 음악이 흐르는 동안 수인 씨는 넌지시 내
게 물었다.

"감독님. 그나저나 준평 씨는 무슨 일이 있는 거예요?"

그녀의 질문에 곽 배우와 동엽이 말을 비꼬듯 전했다.

"그게 저... 소리가 안 들린답니다."
"준평 씨도요?"
"네?"

수인 씨의 진지한 반응에 나도 모르게 흠칫 놀랐다.

"얼마 전부터 소리를 못 듣는 사람들이 속출하고 있잖아요."
"정말요?"
"모르셨어요? 지금 한국은 물론이고 세계적으로 문제래요. 전염병은 아니라고 하는데 제 생각에는 전염병 같아요."

수인 씨는 세상 진지한 얼굴로 말을 이었다.

"'UHL'이라고 했던가. 무섭지 않아요? 갑자기 소리를 못 듣게 된다는 게?"

그녀의 말을 가만히 듣고 있자니 무섭다는 생각이 들기도 했지만 한편으로는 곽 배우 혹은 동엽이와 내통해서 나를 속이고 있다는 생각이 들기도 했다. 이렇게 한편으로 드는 생각이 애써 식힌 화를 약한 불로 끓이기 시작했다. 어느새 음악이 끝나고 2부의 시작을 알리는 오프닝 음악이 나왔다. 다시 라디오에 임하기 위해 목소리를 가다듬었다.

"감독님, 이번 영화 [노고단은 보라색이다]에 대해서 설명 좀 해주세요."

"네, 이번 영화 [노고단은 보라색이다]는 배우들, 스태프들 모두 굉장히 고생해서 찍은 작품입니다."

이어 수인 씨는 호기심 어린 눈빛으로 물었다.

"그럼 지리산에서 찍으신 거예요?"

"노고단이 지리산에 있지만 영화에 더욱 멋진 풍경을 담기 위해 대부분의 촬영을 뉴질랜드에서 했습니다."

수인 씨의 표정에 묻어 있던 호기심이 의심으로 바뀌는 찰나를 목격했다.

"지리산이 배경인데 뉴질랜드에서 촬영을 하셨다고요?"

"네."

"풍경이 다르지 않나요?"

"크게 다를 것도 없습니다. 풀 있고, 나무 있고, 아, 흙도 있습니다."

그녀는 표정에서 여전히 의심을 거두지 않았다. 자신의 앞에 앉아 있는 영화감독이라는 작자가 사실은 허풍쟁이에, 무능력한 한낱 나부랭이가 아닐까 하는 의심 말이다.

"이번 영화 [노고단은 보라색이다]. 더욱 기대가 됩니다."

마음에도 없는 소리를.

"무슨 내용인가요?"

그녀의 질문에 답하기 위해 목소리를 가다듬으며 어떻게 설명할지 머릿속으로 정리했다.

"네, 이번 영화 [노고단은 보라색이다]는 한 남자의 인생에 대한 이야기입니다. 굉장히 나이브한 사람이 굉장히 스펙타클한 사건을 만나서 굉장히 멜랑꼴리해지는 데... 결국에는 다시 나이브한 삶을 되찾아가는 내용입니다. 굉장히 리드미컬한 영화고 또 굉장히 스피디한 영화니까 억지로 재미있게 보려고 하지 않으셔도 재미있게 보실 영화입니다. 이번 영화 많이 사랑해 주세요."

말을 마치고 그녀의 눈치를 살폈다. 수인 씨는 이해가 되지 않았다는 듯 미간을 구긴 채 나를 응시했다. 그리고는 신중하게 물었다.

"멜랑꼴리해지는 데?"

"네?"

멜랑꼴리 이후부터의 말이 이해가 안 되는 건지, 멜랑꼴리라는 단어 자체를 모르는 건지 알 없지만 멜랑꼴리 이후의 설명을 하면 멜랑꼴리가 어떤 뉘앙스의 단어인지 설명도 할 수 있을뿐더러, 영화의 내용도 전달할 수 있지 않을까, 하는 생각에 다시 입을 열었다.

"그러니까 멜랑꼴리 해지는..."

급기야 수인 씨는 헤드폰을 벗었다.

"저기 소리가..."
"네?"

수인 씨는 부스의 유리창 너머 박 PD를 향해 소리쳤다.

"야, 박 PD! 소리가 안 들려!"

갑작스러운 상황과 또다시 소리가 들리지 않는다는 말 같지도 않은 소리에 약불로 끓여지고 있던 화의 표면이 요란하게 부글대기 시작했다. 결국 부글거림을 참지 못해 헤드폰을 벗어던지고 입 밖으로 불을 뿜어냈다.

"사람 불러다 놓고 뭐 하자는 거야, 진짜! 게스트가 말하는 데 집중도 안 하고!"

부스를 나가려 하자 작가와 PD가 내게 달려들어 말리기 시작했다.

"감독님 여기서 이러시면..."
"여기서 이러면 뭐! 여기서 이러면 안 되는 건 당신들 아니야?"

나는 그 둘을 밀쳐내고 부스를 벗어나 대기실 테이블에 앉았다. 잠시 후 박 PD와 작가가 들어왔다. 박 PD가 입을 열었다.
"감독님, 그래도 방송 중에 이렇게 하시면..."
"잠깐. 그게 아니라. 이러면 못해. 누가 해, 이런 상황에. 아니, 경우가 있지 사람이 말을 하는데 집중도 안 하고. 뭐 하자는 겁니까? 뭐 소리가 안 들려? 내가 웬만하면 참겠는데 지나쳐. 아, 진짜 너무하네. 내가 어렵게 말했어? 진행자 표정부터 마음에 안 들어. 사람이 말하는데 정색이나 하고 말이야. 박 PD, 당신도 그래! 곽 배우가 못 온 게 내 잘못이야? 왜 나한테 정색하는데?"
"죄송합니다."
"죄송은 무슨 죄송! 죄송하면 방송 생활 끝나?"
"그래서 이렇게 사과드리잖아요."
"너무하잖아! 사람 불러다 놓고. 무슨 병신 취급을 하고 말이야. 대본도 이게 뭐야. 죄다 곽 배우 질문만 가득하고. 나를 왜 부른거야. 준평이만 부르지. 내가 이런 취급 받아야 해? 뉴질랜드나 지리산이나 같은 하늘, 같은 땅 아니냐고!"

"네?"

박 PD와 작가가 당황하는 것이 느껴졌다. 로케이션 얘기를 그들에게 한 것은 명백한 나의 실수였다. 그때 사운드 엔지니어가 부스 밖으로 나왔다.

"PD님. 큰일났습니다."
"왜?"
"수인 씨. 진짜 소리가 안 들리는 것 같아요."
"뭐?"

박 PD와 작가의 표정이 굳어지더니 다급하게 부스 안으로 들어갔다. 부스 안에 들어가 멀찍이서 내부의 상황을 보았다. 부스 안의 사람들이 다급하게 여기저기 전화를 하고 있었고, 작가는 그녀를 부축하고 있었다. 이게 무슨 상황인가. 그때 작가와 눈이 마주쳤다. 작가는 부스를 벗어나 내게 오더니 눈물 맺힌 눈으로 물었다.

"감독님, 죄송하지만 차 가지고 오셨죠?"
"차요?"
"네, 차."
"네. 왜요?"

"지금 119에 전화해 보니까 다들 출동 나가서 못 온다고 하더라고요. 병원도 바쁜지 계속 전화를 돌리기만 하고요."

"그래서요?"

"저희 수인 언니 좀 병원에 태워 주세요."

"제가요? 다른 사람들은?"

"저는 아시다시피 작가가 박봉인지라 뚜벅이고요, 박 PD님 얼마 전에 음주 운전 걸려서 운전 못하고, 조연출님은 오전에 차 사고가 나서 수리 맡겼다고 하고, 사운드 엔지니어님도 오늘 새벽에 차 배터리가 나가서 지하철 타고 출근했다고 하더라고요. 감독님, 실례인 건 알지만 이렇게 부탁드립니다."

작가는 90도로 허리를 숙여 부탁을 했다. 나는 그녀의 어깨를 잡아 다시 새웠다.

"네. 어쩔 수 없네요. 가요, 그럼."

보통 이런 상황이 영화에 담긴다면 작가가 눈물을 쏟으며 연거푸 허리 숙여 인사를 한 후 이 상황을 주변인들에게 알려 그들도 덩달아 감사의 인사를 하는 것이 인지상정이지만 현실은 그렇지 않다. 나의 대답이 끝남과 동시에 작가는 언제 그랬냐는 듯 부스로 달려가 외쳤다.

"감독님이 차 태워 준대요!"

이후의 상황을 내심 기대했다. 박 PD며 엔지니어며 나와서 감사의 인사를 할 줄 알았지만 역시 현실은 영화와 다르다. 그들은 수인 씨를 어깨에 들쳐 메고 부스 밖으로 뛰쳐나왔다. 수인 씨가 손실한 것은 다리나 장기가 아닌 청력인데 군대식 구급법을 동원해 데리고 나온 것이다. 역시 현실은 다르다. 그리고 엘리베이터 앞에 섰다. 라디오 스튜디오는 4층. 엘리베이터는 17층에 있었다. 보통 이런 상황이라면 계단을 이용해 주차장을 향해 달려가겠지만 그들은 수인 씨를 어깨에 멘 채 엘리베이터를 기다렸다. 역시 현실이란. 엘리베이터를 기다리는 동안 그들이 대화한 내용은 비트코인의 변동과 자동차 수리비에 대한 이야기, 음주 운전 처벌에 대한 불만을 늘어놓았고, 심지어 엘리베이터 안에서는 처갓집에 무슨 선물을 사가야 장인어른이 좋아할 것인가에 대한 이야기와 아울러 선물을 사가는 문화에 대해 김영란법을 적용해야 한다는 이야기를 주고받았다. 보통 이런 상황에 청력 손실 문제로 이야기를 나누는 것이 일반적이고 보편적인 모습이겠지만 청력 손실 이야기만 나누기에 사람들이 마주한 번뇌의 대상이 너무나 많다는 생각이 들었다.

정말이지 세상은 번뇌시대구나.

4.

의사는 대수롭지 않게 여겼다.

"저기 선생님. 이 사람 소리가 안 들린다고요."

아직 가시지 않은 신경질을 의사에게 부렸다. 의사는 귀찮다는 듯한 표정을 지으며 들고 있는 차트를 들어 보이며 말했다.

"여기 차트에 있는 사람들도 다 소리가 안 들리는 사람들입니다."

아.

수인 씨를 병원 구석에 앉혀 두고 병원 로비로 나왔다. 다시 울리는 [Pink Pink _ Love Love]. 모르는 번호로 전화가 왔다.

"여보세요."
"최한표 감독님이시죠?"
"네, 최한표 감독입니다."
"저 박PD입니다."
"네."
"수인 씨 상태는 어떤가요?"

"아직 원인은 알 수 없고요, 병원에 오니까 같은 증상의 환자들이 많네요."

통화를 주고받는 동안 한 아저씨가 게슴츠레한 눈빛으로 다가왔다.

"잠시만요."

박 PD와의 통화를 멈추고 아저씨한테 물었다.

"뭡니까?"
"혹시 최한표 감독?"
"네. 그런데요?"
"아, 역시. 맞으시구나."
"누구시죠?"
"아, 저는 저 그 뭐라고 해야 하나. 아, 저는 그 택시 기사입니다."
"그래서요?"
"아니 저 다른 게 아니라…"

택시 기사라는 아저씨의 이상한 태도에 점점 기분이 안 좋아지기 시작했다.

"저는 콜 부른 적이 없는데요?"

"그냥 신기해서요."

"뭐가요?"

"아까 그 라디오 들었거든요."

"그래서요?"

아저씨는 아무 말도 하지 못한 채 우물쭈물댔다.

"저기요, 아저씨. 제가 지금 통화 중이라서요."

"아, 네."

박 PD와의 통화를 이어 나가며 병원의 상황에 대해서 설명을 하는 동안 시선으로 택시 기사 아저씨를 경계했다. 아저씨는 자리를 떠나지 않고 계속 나의 주변을 맴돌았다.

"이따가 다시 전화할게요. 걱정하지 마세요."

전화를 끊고 아저씨에게 물었다.

"뭡니까? 왜 여기서 계속 서성거리는 겁니까?"

"영화감독 처음 봐서요."

"네?"

"그래서 신기해서요."

"사진 찍어드려요?"

"그렇다면 영광이죠."

한숨을 길게 내쉬고 마지못해 휴대폰을 꺼내 들어 사진을 찍으려는 순간.

"혹시 아까 이화사거리의 택시 기사님 맞으시죠?"

후줄근한 자켓을 입은 남성이 택시 기사 아저씨를 붙잡았다. 아저씨가 당황하며 말하기를.

"무슨 택시 기사요?"

"아, 저는 내일일보 황지훈 기자입니다."

"네, 그런데요?"

"아까 그 상황에서 건물 잔해에 깔린 여성을 구하신 분 맞으시죠?"

"아, 그거는 제가..."

기자는 택시 기사 아저씨의 말허리는 자르며 외쳤다.

"여기다! 여기!"

기자의 외침에 병원 입구에서 서성이던 사람들이 택시 기사 앞으로 달려왔다. 이건 또 무슨 상황인가. 택시 기사 아저씨 앞으로 사람들이 모여들며 나는 자연스레 그들 밖으로 밀려났다.

"아니, 이게 무슨...."

기자들은 택시 기사에게 다양한 질문을 쏟아 냈고 아저씨는 더듬더듬 그들의 질문에 답변하기 바빴다. 옆에서 가만히 이야기를 듣고 있자니 아저씨는 한 번의 선의로 졸지에 시민 영웅이 되어 있었고, 아저씨는 어리둥절하다가 이내 조금은 거만한 태도로 자신이 한 일에 대해 자랑스레 늘어놓기 시작했다. 이런 모습을 영화에서 본 적이 있다. 과거에는 평범했던 사람이 세간의 주목을 받기 시작하고 화면이 현재의 세련된 모습으로 오버랩되며 과거보다 나은 현실을 사는 인물의 삶을 표현하는 장면에서 자주 활용되는 모습이다.

영화는 영화일 뿐. 현실은 다르지 않은가, 라는 생각이 무색해지게 아저씨는 한참 후 다음 총선에서 소수정당의 비례대표로 선출되어 '택시 기사 김창영'이라는 타이틀을 배경으로 국회의원이 되었다. 정말이지 세상은 번뇌시대구나.

그가 국회의원이 되는 데에 큰 역할을 한 것은 바로 나였다.

기자들 눈에 띄지 않게 병원을 벗어나려는 순간 누군가 나의 팔을 붙잡았다.

"최한표 감독님이시죠?"
"네?"
"저는 개념일보 김지빈입니다."
"아, 네."
"혹시 저 택시 기사 아저씨의 이야기 때문에 오신 거예요?"
"아니요. 저는 다른 일로...."
"알겠습니다."

기자는 미소를 짓더니 뒤돌아 취재 현장으로 돌아갔다.

"뭐야."

병원을 벗어나 집으로 향했다. 집으로 가는 동안 정말 너무나 많은 사건이 벌어진 하루라는 생각을 했고, 집에 도착해 잠들기 위해 침대에 누운 후 다시 한번, 정말! 다양한! 사건이! 벌어진! 하루를! 보냈노라고 생각하며 잠들기 위해 눈을 감은 순간, 동엽이, 동엽이가 떠올랐다. 동엽이에게 믿지 못해 미안하다는 문자를 보내고 잠에 들었다.

깊은 어둠 속. 밝은 빛이 저 멀리서 뻗어 나왔다. 나는 그 빛을 따라 달려갔다. 무슨 일인지 전력을 다해 달리지만 심장과 다리에 무리가 가지 않았다. 그렇다. 꿈이다. 빛의 근원을 따라 달리니 사람들이 보였다. 누군가를 중심으로 사람들이 몰려 있었다. 나는 인파를 헤집고 군중의 중심에 이르렀다. 그곳에 서 있는 한 남자. 병원에서 만났던 택시 기사 아저씨였다. 아저씨가 환하게 웃으며 내게 손짓했다. 나의 의지와 상관없이 그를 향해 터벅터벅 걸어가는 두 다리. 걸음걸음마다 걸음의 소리가 사방에 울려 퍼졌다. 발을 보니 구두를 신었다. 구두를 신었다고 이렇게 소리가 울릴 수가 있나. 그렇다. 다시 한번 말하지만 이건 꿈이다. 어느새 나는 아저씨의 앞에서 섰다. 아저씨는 내게 왼손을 뻗으며 무언가를 건네 주었다. 나는 그것을 공손히 받았다. 무엇인지 확인하니 보청기였다. 보청기라. 뒤돌아보니 사람들이 환호를 내지르더니 번뇌시대의 [Pink Pink _ Love Love]를 부르기 시작했다. 두려움에 빠져들었던 나. 나는 왜 두려움에 빠져들었는가. 그렇게 나는 영문도 모른 채 두려움 속으로 빠져들었다. 점점.

두려움이 극에 달할 때, 눈이 떠졌다. 그럼에도 울려 퍼지는 [Pink Pink _ Love Love]. 전화벨이 울리고 있었다. 영화 제작사 대표인 마 대표의 전화였다.

"여보세요."
"야!"

마 대표의 고함에 방어적인 태도로 휴대폰을 귀에서 멀찍이 떨

어뜨리며 휴대폰을 노려보았다. 사나운 꿈자리가 복선이었나. 제작
사 대표이니 전화를 안 받을 수도 없었다. 그렇다. 이것이 사회생활
아니겠는가 싶었다.

"네. 대표님."
"네가 김창영 씨를 어떻게 알아?"

김창영은 누구인가.

"무슨 소리 하시는 겁니까. 김창영이 누구예요."
"진짜 몰라?"
"누군데요."
"택시 기사!"
"네?"
"택시 기사! 어제 이화사거리의 영웅!"

택시 기사 이름이 김창영이었다는 것을 처음으로 알게 되었지만
이화사거리에 대하여 짐작이 짚이는 부분이 전혀 없었다.

"이화사거리요?"
"그래! 어제 비행기 추락한 곳! 혜화동 쪽!"
"비행기가 혜화동에 추락했다고요?"

마 대표가 술이 덜 깼구나. 혜화동에 비행기가 추락하다니. 당최 믿을 수가 없는 소리를 마 대표는 늘어놓기 시작했다. 이화사거리에 비행기가 추락했고, 추락하며 건물도 무너졌다며 말을 하는 자신도 어안이 벙벙하다는 듯 횡설수설 사건에 대한 소리를 늘어놓기 시작했다. 그의 말을 듣는 내내 생각했다. 이 사람은 술이 덜 깬 것이 아니라, 마약을 하는 것이 아닌가.

"그래서! 김창영 씨는 어떻게 만난 거야?"
"어제 병원에서 만났어요."
"원래 아는 사이야?"
"아니요. 어제 병원 로비에서 아는 척을 하길래..."

불안한 기분이 들었다.

"무슨 일이에요?"
"개념일보 스포츠 일면에 네 기사 났어! 네가 그 택시 기사 이야기 영화로 만든다고."

정적이 흘렀다. 그리고 이 정적과 상반되는 큰 소리로 반문했다.

"무슨 그런 개같은 소리를!"
"너 진짜 대단하다!"

비꼬는 건가.

"네?"

"그 사람 지금 스타야, 스타! 너도 그렇고! 너 이 자식! 지리산 배경의 영화를 뉴질랜드에서 촬영한다고 했을 때 진짜 이런 미친놈이 있나 싶었다! 그때 투자사에서 얼마나 욕을 먹었는데! 근데! 역시 내 안목은 틀리지 않았어! 너는 미친놈이 아니었어! 아주 열정적인... 그... 뭐냐... 아티스트였어!"

"네?"

"우선 시놉시스부터 추려서 보내 봐. 투자사는 걱정하지 말고! 그리고 원하는 캐스팅 있으면 말만 해! 다 들어줄 테니까!"

"네?"

뚝.

그렇게 전화가 끊어졌다.

"이런 미친새끼."

5.

"그러니까 말이야, 최 감독. 등지기라고 알아, 등지기? 이 등지기라는 건 말이야. 팔이랑 허리의 힘과는 상관이 없어. 그러니까 말이야. 이 다리! 이 두 다리의 힘만으로 물건을 들어 올리는 기술이다, 이 말이야! 이해했어?"

"옛날 체육시간에 했던 콩쥐팥쥐 같은 거요?"

"콩쥐팥쥐?"

"네."

"걔네는 쌍둥이 아닌가?"

"네?"

"하여튼 다리를 뻗어서 물건을 드는 기술이야."

김창영 씨는 피우던 담배를 끄고, 엉덩이를 털고 일어나 등지기가 무엇인지 보여 주었다. 그의 등지기를 보며 어떻게 이 사건 하나만으로 영화를 찍을 수 있는지에 대한 고민만 쌓여 갔다.

"아이고, 저 양반도 소리가 안 들리나 보네."

김창영 씨는 길 건너 인도의 사람을 가리키며 말했다. 길 건너 인도의 사람은 소리가 들리지 않는다는 듯 자신의 귀를 때리기 시작했다.

"하여튼 이놈의 UHL(Unknown Hearing Loss)."

김창영 씨는 혀를 쯧쯧 찼다.

김창영 씨와의 2주에 걸친 인터뷰 끝에 얻은 결론은 그의 삶에 그 어떤 드라마도 없다는 결과와 더불어 극소수의 사실들, 예를 들어 그의 이름이 김창영이라는 것과 그가 택시 기사라는 것, 그리고 이화사거리 사건 때 시민을 구했던 행동. 이 극소수의 사실을 제외하고 모든 이야기를 지어내 한국형 히어로물을 제작해야만 한다는 결론을 얻었다. 그리하여 뉴질랜드에서 찍은 [노고단은 보라색이다]의 상영의 영광을 누릴 틈도 없이 [택시 기사 김창영]이라는 영화의 제작단계, 그 단계 중에서도 대본을 완성하는 데에 온 정신과 시간을 할애했다. 집필을 하는 동안 그 어떤 영화도 보지 않고, 음악도 듣지 않겠노라, 따라서 번뇌시대의 음악을 듣지 않겠노라. 휴대전화도 무음으로 맞추고 시나리오 집필에 모든 초점을 맞췄다.

집구석에 박혀 모니터 속 하얀 창에 [택시 기사 김창영]이라는 제목만 띄워둔 지 일주일이 지났다. 밖은 나가지도 않았고, 음식은 배달로 해결하며 대본을 썼지만 떠오르는 것이라고는 없었다. 그동안 이화사거리의 사건의 전말이 밝혀졌다. 항공사는 여객기를 중고로 들여오는 과정에서 부품에 결함이 없었다고 발표했지만 이는 거짓으로 밝혀졌다. 하지만 부품의 결함이 사고에 직접적인 원인으로 밝혀지지 않았다. 그럼에도 사람들은 항공사를 운영하는 기업의 총수를 비난했고, 해당 기업의 임직원이 스스로 생을 마감하며 마녀 사냥은 일단락이 되었다. 이 모든 과정이 도출한 누군가의 죽음이라는 결말 이후 그 어느 누구도, 언론을 비롯한, 기업 앞에서 시위를 벌였던 사람들도 아무 일도 없었다는 듯 일상을 보냈다. 이 사건 후 얼마 지나지 않아 사고의 진짜 원인이 밝혀졌다. 비행기의 블랙박스를 확인한 결과 운항을 맡은 부기장과 관제사가 동시에 청력을 손실하여 신호를 주고받지 못한 것이다. 이런 이유로 사건 당시 부기장은 졸고 있었으며 발톱을 깎고 있던 기장이라는 사람이 당황하여 착륙을 시도했다가 사건이 벌어진 것으로 확인되었다. 이후 언론은 파일럿의 선발 과정의 타당성 여부 시비로 기사를 보도했지만 사람들에게서 이화사거리의 비행기 추락사고는 잊힌 후였다. 이 모든 과정에 이르는 데 채 한 달이 걸리지 않았다.

여전히 모니터 속 하얀 창에는 [택시 기사 김창영]이라는 제목만 띄워져 있었고, 그 하단으로 마침표 하나 찍지도 못한 지 한 달. 스스로 재능이라고는 1도 없는 병신이라며 자책하며 머리만 긁적이고, 담배만 뻑뻑 태운 한 달이었다. 이 사이 이를 갈고 만들었던 영화 [노고단은 보라색이다]는 개봉한 지 얼마나 됐다고 가정 내 IPTV의 무료 영화 리스트에 올랐다. 착잡한 마음에 마 대표에게 전화를 걸기 위해 오랜만에 휴대폰을 집어 들었다. 그동안 부재중 전화와 문자 메시지 등이 잔뜩 쌓여 있었다. 일일이 확인하자니 귀찮다는 생각이 들었다. 세상의 요구를 뒤로 하고 곧바로 마 대표에게 전화를 걸었다.

"뭐가 '노고단은 보라색이다'야, 뭐가! 보라색은 지랄, 마이너스야, 마이너스!"

몇 마디 오가지도 않았는데 마 대표가 고래고래 소리를 질렀던 것으로 기억한다.

"회사가 먹고 살려면 어쩔 수 없어. 이렇게라도 팔아야지! 그러니까 왜 뉴질랜드를 가서 이 사단을 내냐고, 왜! 예술은 개뿔. 돈이 안 되는 예술은 예술이 아니야! 하여튼 택시 기사 김창영! 제대로 써 봐! 아이템 좋잖아!"
"네...."

뚝.

나는 여전히 집 밖으로는 나가지 않았고, 음식은 배달로 해결하며 지냈다. 이러는 동안 김창영 씨는 보청기 CF의 모델이 되어 제2의 인생을 맞기 시작하였다. CF 속 해맑은 표정의 그를 보니 부아가 치밀어 텔레비전을 부쉈다. 한 달의 시간 동안 UHL(Unknown Hearing Loss)의 원인이 밝혀지지 않았으며, 대한민국 국민의 15%에 해당하는 국민이 청력을 손실했다. 타 국가도 마찬가지로 수많은 사람이 UHL(Unknown Hearing Loss)의 희생자가 되었다. 이러한 현상에 대해 세계보건기구, WHO는 전염병으로 의심하여 세계인을 공포로 몰아넣었지만, 곧 전염병이 아니라는 결론을 내렸다. 전염병이 아니라는 결론을 내리는 과정에서 인체실험 여부에 언론이 집중적으로 물었지만 WHO는 이에 대해 아무런 공식 입장도 발표하지 않아 의구심을 더 키웠다. 이러한 상황에 UHL(Unknown Hearing Loss)을 새롭게 해석하는 이들이 나타났으니, 그들은 스스로 종교인이라고 말하는 이들이었다. 그들은 UHL(Unknown Hearing Loss)에 대하여 드디어 천벌이 시작되었노라며 교회는 물론, 길거리 곳곳에서 신의 심판이 멀지 않았다고 목놓아 부르짖었다. 그들의 외침은 SNS를 타고 국경을 허물고, 인종을 아우르며 세계 곳곳으로 퍼져나갔다. 하지만 나는 그들의 주장에 콧방귀를 뀌었으며, 온전히 [택시 기사 김창영]의 시나리오에만 몰두했다.

　외부 세계와 단절된 지 반년. 그러니까 6개월의 시간이 흘렀다. 불후의 명작으로 만들겠노라, 다짐하고 또 다짐하며 [택시 기사 김창영]의 도입부를 드디어 썼다. 영화의 도입부는 김창영 씨의 탄생으로 시작했다. 도입부를 쓴 텍스트 파일을 문세진 배우에게 이메일로 보내 보여 주었고, 그녀는 '감독님, 재미없어요.'라며 회신했다. 그렇게 도입부를 지우고 빈 화면만 멍하니 바라보는 동안 대한민국의 UHL(Unknown Hearing Loss) 환자의 비중은 40%에 도달했다. 전 세계는 UHL(Unknown Hearing Loss)의 확산을 막을 수 없다는 사실을 깨달았으며 다른 대책을 세워야 한다는 판단을 했다. 그것은 소리를 들을 수 있게 하는 것이다.

자, 여기서 청력 문제에 마땅한 도구라면 보청기를 떠올리는 것이 당연지사겠지만 그것은 오산이다. 보청기는 소리가 잘 안 들리는 것을 잘 들리게 하는 것이지 아예 들리지 않는 것을 들리게 하는 것이 아니다. 따라서 보청기는 UHL로 어떤 호황도 누리지 못했으며 외려 김창영 씨가 찍은 보청기 CF의 회사가 과대광고를 했다는 비난과 함께 결국 폐업 위기를 맞게 되었다.

CF가 과대광고를 했다는 이유는 CF의 내용에 있었다. 광고 속에서 김창영 씨는 전투복을 입은 채 어둠 속에서 훈련소에서나 배우는 야간전술보행을 취하며 더듬더듬 걷고 있다. 그러던 중 바닥에서 줍게 되는 보청기. 김창영 씨가 귀에 보청기를 넣는 순간 환해진 세상을 마주하며 함박미소를 지으며 광고가 끝이 난다. 이 광고에서 사람들이 시비를 건 부분은 보청기 하나로 세상이 환해지는 장면이 아닌 바닥에서 줍는 보청기를 줍는 장면이었다. 보청기를 길바닥에서 줍기에 그것이 너무 비싸다는 것이 그 이유였다. 누가 300만 원을 호가하는 비싼 명품보청기를 바닥에 버리겠는가. 광고만 보면 보청기가 바닥에 굴러다닐 정도로 저렴해야 맞는 것이 아니냐며 따지고 들었다. 그리고 다음으로 이어진 비난이 앞서 말한 보청기의 기능이었다. 전혀 들리지 않는 사람에게 보청기는 무용지물인 것은 당연지사. 이를 시대의 영웅이자, 이화사거리의 영웅, 아울러 UHL(Unknown Hearing Loss)의 전사인 택시 기사 김창영 씨를 모델로 발탁한 것은 어불성설이라는 것이다.

그렇게 명품을 지향하는 보청기 회사는 부도를 맞았다. 그럼에도 김창영 씨는 CF 출연료를 받아 잘살고 있다는 기사를 보았다. 그가 내게 그 어떤 직접적인 피해를 준 것은 없다만 기사 속 웃고 있는 모습이 정말 꼴 보기 싫었다. 감정에 치우쳐 이야기가 옆으로 빠졌는데 여하튼 보청기는 청력을 잃은 사람에게 무용지물. 그래서 새로운 대안으로 등장한 것이 피뢰침이었다. 동영상 스트리밍 사이트에서 피뢰침에 대하여 하얀 가운을 입은 과학자가 사뭇 진지한 표정으로 설명하는 영상이 떠돈 적이 있다. 나는 그의 말을 아무리 들어도 그가 말한 생물학적, 물리학적 근거가 이해되지 않았지만 그의 의견을 대략 정리하자면 정수리에 피뢰침을 꽂아 넣어 뇌의 세포를 자극해 소리를 듣게 할 수 있다는 것이 그의 주장이었다. 그리고는 정수리에 거대한 피뢰침이 박힌 건장한 남자가 상반신을 노출한 채 나타났다. 그는 박사의 물음에 즉각적으로 반응을 했고, 박사는 만족스럽다는 미소를 지었다. 박사는 자신이 설명한 피뢰침을 '프로토콜 안테나(Protocol Antenna)', 줄여서 'P.A'라고 이름을 지었다. [택시 기사 김창영]을 집필하기 위해 집에만 박혀 살며 처음으로 웃었던 일이었다.

"세상에 또라이가 진짜 많구나."

하지만 이 영상이 처음 스트리밍이 되었을 때는 큰 관심을 끌지 못했지만 그의 의견을 뒷받침하는 설명을 듣고 실험을 한 이들이 그를 지지하면서 수천, 수만 그리고 그리고 1억 뷰를 달성하기에 이르렀다. 얼마 후 P.A에 대한 연구와 투자를 진행하겠노라며 여러 반도체 기업과 통신 기업이 나섰다는 기사를 보았고, 이 내용에 세계인은 주목하였다. 더 이상 세계는 UHL(Unknown Hearing Loss)의 원인에 관심이 없어졌다는 것을 깨닫게 되는 순간이었다. 그럼에도 나는 또다시 콧방귀를 뀌었으며, P.A건 나발이건 온전히 [택시 기사 김창영]의 시나리오에만 몰두했다.

그렇게 1년. UHL(Unknown Hearing Loss)에 대하여 새로운 데이터가 제시되었다. UHL(Unknown Hearing Loss)에 확진된 사람들의 소득 분포에 대한 데이터였다. 확진된 이들의 공통점을 중산층 이상의 사람들이라는 점이 그것이다. 아울러 소득이 많아지면 많아질수록 확진자의 수가 확연히 많아진다는 것이 그래프에 나타났다. 이에 정부가 확진자 전수조사에 나선다는 발표를 했다.

부자들만 걸리는 이상한 병이라.

또 다른 소식은 P.A(Protocol Antenna) 연구가 거의 막바지에 도달했다는 이야기가 돈다는 것이었다. 이에 선두에 있는 기업이 우리 대한민국의 기업이었다. 역시 대한민국! 이라는 자부심이 들었지만 이것도 순간에 불과했다. 인터넷을 통해 속세를 잠깐 들여다보는 것은 시나리오를 집필하며 받는 스트레스를 환기하기 위함일 뿐. 그렇게 UHL(Unknown Hearing Loss)이고 나발이고, 깊은 관심을 두지 않은 지 1년 6개월. 드디어 [택시 기사 김창영]의

초고를 완성했다. 내용은 다음과 같다.

때는 바야흐로 군부독재의 시대, 충남 예산의 한 마을에서 아이
가 태어난다. 아이의 우렁찬 소리로 울음을 터뜨리자 일대의 닭과
소, 개 심지어 새들까지. 일제히 아이의 탄생을 기다렸다는 듯 짖거
나 울기 시작한다. 그렇게 김창영 씨가 태어났다. 그는 태생부터 남
달랐으니, 성장을 할수록 그의 초능력이 발현되기 시작한다. 그는
학교에 들어가기 전부터 농기구를 자유자재로 다룰 만큼 강한 힘
을 지녔으며, 학교에 들어가니 넘치는 힘을 주체하지 못해 온갖 말
썽을 저지르니 마을에서는 주먹대장 노릇을 하는 김창영 씨를 골칫
덩이로 생각한다. 그가 6학년이 되었을 무렵. 별안간 그의 아버지
가 돌아가신다. 그의 아버지가 돌아가시며 남긴 유언. '타의 모범이
되어라.' 이때부터 김창영 씨는 타의 모범이 되는 삶에 대하여 골몰
을 하였으며, 그는 오른손이 하는 일을 왼손이 모르게 하라는 신조
를 갖게 된다. 사실 아직까지도 그는 오른손이 하는 일을 왼손이 모
르게 하는 것이 맞는 건지, 왼손이 하는 일을 오른손이 모르게 하는
것이 맞는 건지 헷갈려 한다. 여하튼 왼손이든 오른손이든 남몰래
좋은 일을 하는 것이 타의 모범이 되는 것이라 여기며, 이런 생각
을 바탕으로 자신이 가진 힘을 숨기고는, 남을 돕는 삶이야말로 타
의 모범이 된다며 자신의 힘을 온전히 남을 돕는 데 쓰기 시작한다.
그렇게 중학생이 되었고 교내에서 벌어지는 모든 싸움을 종결시키
는 해결사를 자처하며 일명 '단두대'라는 무시무시한 별명을 얻게
된다. 그 별명이 탄생한 배경은 정말로 사람의 목을 댕강 자르기 때

문이 아닌, 단 두 대의 주먹질로 싸움을 종결시키기 때문이었다. 그렇게 김창영 씨는 고등학교 때까지 '단두대'로서의 삶을 살게 된다. 김창영이라는 이름 앞에 부당한 처우는 일절 벌어지지 않았으며, 아울러 강자에게 억압받는 약자는 존재할 수 없었다. 왜냐. 그에게 가차 없이, 경고 사격 이런 거 없이 뚜까 맞으니까. 그렇게 김창영 씨는 예산의 전설적인 주먹이 된다. 고등학교를 마치고 가정 형편상 대학에 진학을 할 수 없으니 차라리 서울서 더욱 거대한 적과 맞서겠노라 다짐하며 상경을 한다. 그렇게 그는 서울로 입성. 시내 곳곳에서 발생하는 독재에 저항하는 시위에 가담하여 군부에 맨주먹으로 맞서 싸웠으며, 민주주의를 갈망하는 사람들 사이에서 '타잔'으로 불렸다. 그렇게 '단두대의 삶'에서 '타잔의 삶'을 살게 된 김창영 씨. 허나 1987년 대통령 직선제가 시행되며 자신이 싸울 대상을 잃은 김창영 씨. 허무함에 시달리며 술에 젖은 나날을 보내게 된다. 그렇게 시작한 주류 배달 업무. 그는 장사요, 그 덕에 남들이 등지기로 힘겹게 세 박스를 드는 것을 다섯 박스는 거뜬히 들었다. 이런 그를 주류 배달 업체 사이에서 일명 헤라클레스로 불렸으며 높은 연봉을 받는 달인의 삶을 살게 된다. 하지만 누구보다 앞서는 재능을 가진 사람의 삶은 녹록지 않은 것, 그것이 힘이라면 더더욱 그러한 것이 인지상정. 그의 힘을 일찍이 알아본 B1의 세계, 그러니까 지하 세계의 유명한 두목이었던 코뿔소의 눈에 든 김창영 씨. 코뿔소에게서 함께 일을 해 보지 않겠냐는 제안을 받지만, 그들의 일은 정의롭지 못하다며 단박에 거절한 김창영 씨였다. 그렇게 김창영 씨와 코뿔소의 전쟁이 시작된다. 김창영 씨는 예산의 단두대요,

서울에서는 소싯적 타잔이었으며, 유통업계에서는 헤라클레스로 불리는 사나이. 코뿔소의 조직을 일당백으로 홀연히 와해시킨다. 그때 코뿔소가 했던 말은 두고두고 회자되며 악당이 등장하는 모든 영화와 만화에서 인용되었다. 그때 코뿔소가 한 말은 다음과 같다.

"두고 보자. 김창영!"

당최 무엇을 두고 본다는 것인가. 그렇게 사라진 코뿔소. 김창영 씨는 그 후 자취를 감추기 위해 택시 기사의 삶을 택한다. 택시를 몰며 거리의 빛이 닿지 않는 골목에서 벌어진 온갖 악행을 조용히 처단하며 살아가는 택시 기사 김창영 씨. 그러던 어느 날 마주한 비행기 추락사고 현장. 자신의 정체를 감추기 위해 조용히 살았지만, 어느 중년 여인이 건물 잔해에 깔려 고통에 신음하는 것을 목격하고는.

"다시 세상을 위해 이 한 몸 내던져야겠다."

비장한 한 마디를 택시 승객에게 남기고 사고 현장으로 유유히 걸어가는 그의 뒷모습을 마지막으로 영화가 끝이 난다.

시나리오의 마지막 장에 'The end'를 쓰고, 인쇄 버튼을 눌렀다. 눈물이 왈칵 쏟아졌다. [택시 기사 김창영]을 쓰기 위해 쏟았던 시간과 고뇌, 그간 겪었던 안구 건조증, 손목 터널 증후군 등이 떠오르며 왈칵 쏟아진 눈물은 이내 콸콸 쏟아지기 시작했다. 200페이지에 달하는 시나리오의 출력을 마치고 A4 규격의 갈색 우편 봉투에 담았다. 봉투 입구에 풀칠을 해 봉인을 하고, 봉투 앞에 펜으로 [택시 기사 김창영]이라는 제목을 휘갈겨 썼다. 환희의 눈물을 닦아 내고 거울 앞에 서서 나의 모습을 바라보았다. 낯빛은 잿빛이요, 수염은 그 옛날 변방의 산적처럼 지저분하게 뻗어 자라있었다. 이제 사람 구실이나 해 볼까. 휴대전화의 무음모드를 끄고 다시 소리가 나게끔 바꿨다. 이어 번뇌시대의 [Pink Pink _ Love Love]를 틀어놓고 다시금 맞이할 개운한 삶을 향해 화장실로 향했다. 오랜만에 클렌징폼으로 세안도 하고, 1년 가까이 못했던 면도도 했으며, 오랜만에 하는 샴푸는 기본이거나와 트리트먼트라는 것도 써서 감았다. UHL(Unknown Hearing Loss)이고 나발이고, 이 집 구석을 벗어나 보자. 그간 다듬지 않은 머리를 말리는 데 오랜 시간이 걸렸다. 빵 몇 조각으로 끼니를 때웠던 유럽 배낭여행 시절을 떠올리며 길게 자란 머리를 질끈 묶었다. 소파에 앉아 그간 밀려 있던 메시지를 확인했다. 곽 배우는 그 사이 은퇴를 하였고, 동엽이도 곽 배우 집에서 그를 돌보다가 청력을 잃었다고 했다. 그들의 메시지를 읽고 잠시 아무 생각도 들지 않았다. 분명 UHL(Unknown Hearing Loss)은 전염병이 아니라고 했었다. 하지만 확진자 곁에서 그를 돌보다 확진이 되었다는 것은 분명 전염의 소지가 다분하지 않은가. 검색창에 'UHL 전염병'이라고 검색을 해 봤다. 가족끼리 확진이 되기도 하고, 연인, 친구 사이에서도 전염이 된다는 의견이 다분했다. 집을 벗어나면 나도 확진자가 되지 않을까, 하는 우려가 들었다. 소리를 못 듣게 된다면 내가 할 수 있는 일이 무엇인지에 대해서도 생각했다. 할 수 있는 것이라고는 1년 내내 했던 시나리오 집필이 전부였다. 다른 사람들은 어떠한가. 우리 일상에서 소리가 차지하고 있는 영역과 소리에 대한 의존도는 굉장히 높다. 즉 경험할 수 있는 세계의 절반이 소리라고 한다면, UHL 확진 시 세계의 절반을 잃는 셈이 되는 것이다. 어쩌면 그 이상이 될 수도 있다. 청각과 시각은 세계를 경험함에 있어서 서로 유기적이며, 맞닿아있는 부분이 많다. 나를 제외한, 우리 집 현관 밖의 세계는 이런 고민을 지난 1년 동안 한 것이 아닌가, 하는 생각이 들었다. 그렇다. 내가 [택시 기사 김창영]에 매몰되어 있는 동안, 나는 번뇌로 가득한 사회를 외면만 해 왔다. 그렇다고 직면하자니 무섭고, 외면하자니 비루하고. 직면하자니 또 무섭고, 외면하자니 또 비루해지고. 이러지도 저러지도 못하는 마음으로 다시 문자 메시지를 열었다.

마 대표.

'최 감독, 미안하다. 나. 소리가 안 들린다.'

세상은 바야흐로 번뇌시대.

"이런, 씨발!"

case4. 워너비 텔레토비

1.

　TV 화면 속에는 사람 좋은 인상을 한 총수라는 사람이 말끔한 정장을 차려입고 앉아 있었다. 그의 정수리에서 빛나는 금색 P.A(Protocol Antenna)가 눈길을 끌었다. 역시 부자는 부자구나, 하는 생각이 들었다. 그는 입술을 몇 번 말고는 헛기침을 연신 내뱉더니, 여러 음식을 몰아넣은 상추쌈이 들어갈 정도의 크기로 입을 크게 벌리고 닫기를 반복했다. 그리고는 다시 헛기침을 내뱉었다. 그때 비서로 보이는 사람이 총수 옆에 다가가 카메라를 힐끔 보고는 귓속말을 하기 시작했다. 비서로 보이는 사람이 뭐라고 했는지 총수라는 사람이 깜짝 놀라며 물었다.

　"지금 영상에 나가고 있는 거야?"

　비서로 보이는 사람이 고개를 끄덕였다. 그리고 화면 밖으로 사라졌다. 총수라는 사람은 카메라보다 살짝 위에 시선을 주며 사람 좋은 인상을 언제 지었냐는 듯한 표정으로 신경질적으로 말했다.

　"야, 나가고 있으면 나가고 있다고 말을 해야지!"

아마도 촬영 감독에게 하는 말이 아니었나 싶다.

"제가 아까 오른팔을 머리 위로 돌리면 시작이라고 말씀드렸는데...."
"뭐야? 지금 뭐 말대꾸하는 거야?"
"그게 아니라...."

다시 비서로 보이는 사람이 다급하게 총수에게 다가가 귓속말을 했다.

"아, 나가고 있다고 했지. 그러니까 녹화로 하자니까 왜 라이브로 하자고 해서..."

총수라는 사람은 카메라를 힐끔 보더니 다시 언제 신경질을 부렸냐는 듯 사람 좋은 표정을 지으며 카메라를 바라보았다.

"우리 청음 그룹의 가족 여러분. 안녕하십니까. 청음 그룹 총수 오성천입니다. 2025년 새해가 밝았습니다. 여러분 모두 건강한 새해를 보내기를 바라며, 두루 평안한 새해를 보내기를 바라는 마음으로 이렇게 라이브로 신년사를 하게 되었습니다. 여러분 제 이름의 뜻을 알고 계십니까? 제 이름은 이룰 성에 숫자 천! 500 더하기 500! 천! 그 천입니다. 그러니까 천 가지를 이루라고 저의 할아버지께서 지어주신 이름입니다. 제가 이렇게 여러분 앞에 서기까지 정말 많은 일들이 있었습니다. 민주화 운동을 했던 그 시절부터 기자 생활을 했던 시절, 그리고 국회의원 보좌관을 거쳐 휴대폰 사업까지. 정말 많은 일들을 해 봤습니다. 이렇게 많은 일들을 하며 느낀 것이 무엇인지 아십니까? 바로 산업에! 그 최전선에 있는 직원들! 우리 그룹 임직원의 시작은 언제나 최전선에서부터 시작한다는 것입니다. 지금도 전국 각지에서 휴대폰이니, P.A니 팔고 있는! 우리 청음 그룹과 고객을 잇는 그 최전선의 구역에 서서, 묵묵히 영업을 하는 여러분이 있기에 우리 청음 그룹이 이 자리에 있는 것이 아닌가. 이런 생각이 듭니다. 우리는 2020년! UHL이라는 팬데믹을 마주했을 때를 기억해야 합니다. 아직까지 UHL의 정확한 원인은 밝혀지지 않았으며, 아직까지 UHL로 고통을 받는 사람들이 있습니다. 하지만 우리는 좌절하지 않았습니다. 저 또한 좌절하지 않았습니다! 저도 집에서 TV를 보다가 갑자기 UHL에 걸려 갑자기 청력을 잃었지만 절대로 좌절을 하지 않았다, 이 말입니다! 소리가 들리지 않는다면 들리게 하면 되는 것이 아닌가! 저와 제 가족, 그리고 그 당시 '소망통신'에서 함께 휴대폰을 팔았던 직원들과 함께 머리를 맞대고 고민한 끝에 P.A 사업에 뛰어들었습니다. 있는 돈, 없는 돈 다 긁어모아서, P.A의 한국에서의 전파인증에서부터 이렇게 판매까지 이어질 수 있게! 그렇게 지금의 청음 그룹이 탄생했습니다. 여러분, 위기는 기회입니다. 저희 청음이 P.A 사업을 시작하며 지금 대한민국은 팬데믹에서 벗어나 UHL의 엔데믹 시대가 되었습니다. P.A는 이제 우리 삶의 일부가 되었습니다. 이제 우리는 무엇을 팔 것인가에 대한 고민보다 어떻게 팔 것인가에 집중을 해야 합니다. 우리 청음 그룹! 여러분과 함께 고민할 것입니다. 그럼 새해 복 많이 받으세요!"

그렇게 총수라는 사람의 신년사가 끝이 났다.

"뭐야. 그래서 어떻게 하라는 거야? 밖에서 호객행위라도 하라는 거야?"

신년사에 대하여 팀장님이 먼저 시큰둥한 반응을 보였다.

"금색 P.A는 처음 보네. 출시도 안 한 거잖아."
"단순한 금색이 아니라 진짜 금일지도 몰라."

점장님이 커피믹스를 타며 말을 덧붙였다.

"이 P.A라는 게 소리를 듣기 위해 만들어졌다지만 몇 년 사이에 계급의 상징이 된 것 같아. 심지어 맨 귀로 소리를 듣는 사람들은 그냥 수드라야. 천민이라고 천민. 웃기지 않냐, 의찬아?"

점장님이 내게 물었다.

"뭐가요?"
"그렇잖아. 잘 사는 사람만 귀가 멀고. 처음에 사람들이 뭐랬냐?

다 천벌이니, 뭐니 하면서 쌤통이라고 했잖아. 근데 봐봐. 소리를 들을 수 있는 사람과 소리를 들을 수 없는 사람, 이렇게 두 계층이 나뉘었잖아. 이게 진짜 잔인한 거야. 안 그러냐? 참 웃겨."

점장님의 말에 웃긴 점은 없었다.

"근데 또 소리를 못 듣는 사람들 사이에서 어떤 P.A를 쓰느냐에 따라서 계급이 나뉘잖아. 어쩌면 인간은 이런 식으로 서로를 구분하는 것이 본능일 수도 있어. 프로토콜은 개뿔. 그냥 계급장이야, 계급장."

커피믹스를 마시는 점장님 머리 위에 박혀 있는 빨간색 P.A가 눈에 들어왔다. 점장님은 사실 청력을 잃지 않았음에도 신형 P.A를 정수리에 꽂았다. 이유는 단순했다. 신형인 빨간색 P.A를 팔기 위해서였다. 점장님이 머리에 꽂은 것은 800만 원 정도의 제품으로 경차 가격에 버금갔다. 그렇다. 그는 자동차를 머리에 이고 다니는 것이었다. 그럼에도 목이 휘지 않는 것을 보면 소싯적 사내들의 육체를 지배했던 '가오'처럼 '돈을 벌어야 한다는 집념'에 육체가 사로잡힌 것이 틀림없어 보였다.

P.A의 가격은 기종마다 다르다. 싼 것은 200만 원에서부터 비싼 것은 1,000만 원에 이른다. 여기서 아는 사람만 아는 것, 그러니까 업계에 종사하는 사람만이 알고 있는 것이 있다. P.A의 가격은 일

반적으로 이루어지는 상품의 가격 책정과는 거리가 멀었다. 원가에 따라, 상품의 기능에 따라 가격이 정해지는 것도 아니고, 아울러 수요 공급에 따라 가격이 매겨지는 것이 아니다, 그렇다고 제조하는 노동자의 인건비에 따라 가격이 책정되는 것도 아니다. P.A의 가격은 파는 사람, 그러니까 기업이 그냥 '부르는 게 값'이었다. 기업에서 '이것은 비싸게 팔거라' 하면 비싸게 파는 것이고, '이것은 조금 싸게 팔거라' 하면 조금 싸게 파는 것이었다. 쉽게 말해서 '비싸게', '조금 싸게'지만 그냥 이 색깔은 200만 원이라면 200만 원인 것이고, 저 색깔은 1,000만 원이라면 1,000만 원이 되는, 전지전능한 방법의 가격 책정 방식이 아닐 수 없다. 200만 원과 1,000만 원의 차이는 단순히 색깔의 차이. 그 이상도 이하도 없다. 상품의 채도에 따라 채도가 높으면 비싸지고 낮아지면 싸진다. 가장 싼 것은 검정색인데 청음 그룹 이사회에서 총수라는 사람이 검정색만 팔면 인간미가 없지 않겠냐며 은색도 출시했다. 이 모든 것은 P.A를 청음 그룹이 독점하고 있기에 가능한 이야기이다. 아울러 모두가 모르는, 아니지, 아는 사람만 아는, 정말 깜짝 놀랄만한 이야기는 P.A의 저가에서 프리미엄 모델까지 모든 상품의 원가는 3000 원으로 동일하다는 것이다.

2.

"다른 상품으로 교환은 힘드십니다."
"교환이 왜 안 돼?"

어느 동물의 가죽인지 꽤 고급스러운 무스탕을 입은 중년의 여성은 선글라스를 벗으며 버럭 소리를 쳤다. 눈화장이 짙은 탓에 멍이 든 줄 알았다. 얼마나 격렬하게 선글라스를 벗었는지 그녀의 정수리에 꽂혀 있는 은색 P.A가 흔들렸다.

"이게 싸구려라서 그런지 자꾸 이명이 들려. 삐 하는 소리가 들리네. 그리고 소리가! 심해에 있는 것처럼! 막 이상하게 들려."

심해에서 소리가 들렸던가.

"그러셨군요. 죄송하지만 저희 회사 방침상 동일 상품으로 교환은 가능하시지만 다른 상품으로 교환은 힘드십니다. 교환을 하시려면 추가 금액을 더 지불해 주셔야..."

무스탕 아줌마는 말허리를 자르고 제 말을 이어 나갔다.

"무슨 소리야? 그럼 환불해 줘. 이런 불량품을 무슨 200만 원에 팔아!"

"환불은 일주일이라는 기한이 있는데 이미 지났기 때문에...."

무스탕 아줌마는 다시 말허리를 자르고 들어왔다.

"누구 마음대로 일주일이야? 지금 한 달도 안 됐는데 이명이 들린다고!"
"저희 상품은 시험 공정을 거쳐서 다 공인받은 것들입니다, 고객님. 그리고...."

무스탕 아줌마는 다시 말허리를 자르며 버럭 소리를 질렀다.

"그럼! 내가 우기기라도 한다는 거야?"
"이명이 저희 상품 문제가 아니라 다른 이유일 수도 있잖아요."
"뭐?"

무스탕 아줌마는 멍인지 화장인지 구분할 수 없는 눈으로 나를 표독스럽게 노려보기 시작했다.

"하긴 지금 시대가 어느 시대인데 아직 맨 귀로 소리 듣는 사람이랑 내가 무슨 이야기를 하겠어. 당신 같은 사람들을 '맨솔'이라고 부른다지."

'맨솔'은 담배 종류 중에 박하의 향을 내는 담배를 뜻하는 단어로 아는 사람들이 있지만 이는 박하 맛이 나는 특징을 뜻하는 영어 단어인 '멘솔(menthol)'이다. 그러니까 맨솔 담배가 아니라, 멘솔 담배인 것이다. 아이가 아니고 어이. 미음 옆 모음의 미묘한 차이로 같은 소리를 내는 단어인 '맨솔'은 맨 귀로 소리를 듣는 사람들을 일컫는 말로 UHL과 함께 등장한 단어이다. 이 단어가 생겨난 이유는 UHL이 중산층 이상의 사람들을 중심으로 퍼진다는 가설이 질병의 시작 후 몇 년 사이 사람들에게 기정사실로 받아들여진 탓에 생겨났으며, '맨솔'이라는 단어는 저소득층에 대한 새로운 조롱의 뜻으로 자리매김했다. 비슷한 말로 불과 몇 년 전에 등장했던 '엘사'라는 말이 있다. 보통 엘사는 겨울왕국이라는 애니메이션의 공주로 기억을 하겠지만, 학생들 사이에서 '엘사'란 'LH에 사는 사람'이라는 말로, 그들 사이에 계급을 나누는 말로 자리매김했다는 뉴스를 본 기억이 있다. 엘사와 맨솔. 처음 이 단어들을 접했을 때 시대가 변해도 여전히 우리는 여러 가지 이유와 단어로 서로를 가르기에 바쁜 것 같다는 생각을 했었지만, 이렇게 직접적으로 들으니 머릿속이 하얘졌다. 하얘졌다는 말보다 이성적인 판단을 할 수 있는 능력이 떨어졌다는 말이 더 정확한 표현이다.

"네?"

"못 들었어? 귀 멀쩡한 사람이 왜 소리를 못 들어. 못사는 티 내기 싫은 거야, 뭐야."

"말씀이 지나치시네요."

무스탕 아줌마는 나의 머리 위를 힐끔 보더니 선글라스를 우아하게 쓰며 누군가에게 맞아서 생긴 멍이라고 치부하고 싶은 눈을 가렸다.

"그렇잖아. 맨솔 맞잖아. 못사니까 아직까지 맨 귀로 소리 듣는 거 아니야? 그러니까 P.A도 없고. 이래서 있는 사람은 있는 사람끼리 어울려야 해."

"이것 보세요, 아줌마!"

"우리 애가 맨솔들이랑 어울릴까 무섭네. 여기 맨솔들 밖에 없어? 다른 사람 없어? P.A 대리점인데 P.A 쓰는 사람들이 팔아야지! 맨솔들이 뭘 알아?"

무스탕 아줌마는 매장 안의 모든 사람이 들리게끔 큰 소리로 외쳤다. 매장 내 소리를 못 듣는 사람을 제외하고는 모두 내가 있는 곳을 보았다. 오랜만에 낯이 뜨거워졌고, 심박수가 빨라지는 것이 느껴졌다. 나도 모르게 주먹을 말아 쥐었다.

"적당히 하시죠."

"뭘 적당히 해?"

애써 내뱉지 않으려 했던 말을 나도 모르게 뱉었다.

"귀때기는 장식인 년이."

"뭐? 야, 너 뭐라고 했어? 귀때기가 뭐 어쩌고 어째? 그리고 년?"

"그래, 귀때기는 장식인 년아. 대가리에 짝대기 없으면 소리도 못 듣는 게 무슨 벼슬이라고. 텔레토비 주제에."

텔레토비. 20여 년 전 형형색색의 채도 짙은, 다소 민망한 복장으로 지구를 지키며 아이들을 열광시켰던 다양한 지구방위대들과 다르게 한여름 대낮의 무덤가로 보이는 동산에서 하는 일 없이 빈둥거리기만 했을 뿐인데 아이들을 열광시켰던 보라색, 빨간색, 초록색, 노란색의 외계인들을 일컫는 말이다. 그래. 지금 와 돌이켜 생각해 보면 빈둥거릴 수 있다. 충분히 그럴 수 있다. 그리고 그들은 태양신 라(Ra)로 보이는 태양 속 아기의 보호 아래 연신 '아이, 좋아'만 외쳤던 것으로 기억한다. 그래, 그럴 수 있다. 정말 환경이 좋아 '아이, 좋아'했을 수도 있고, 반대로 누군가의 강압에 '아이, 좋아'했을 수도 있다. 그래, 그럴 수 있다. 하지만 거대한 머리, 그 정상인 정수리에 각기 다른 형태의 안테나를 꽂은 채 등장해 신선한 충격을 주었던 것은 잊을 수 없다. 무엇보다 그 당시 머리에 안테나를 꽂는 것은 받아들일 수 없다. 심지어 텔레토비는 귀도 있었다. 이런 이유로 텔레토비가 작금에 이르러 '맨솔'과 대비되는 단어가 되었고, UHL로 청력을 잃고, 소리를 듣기 위해 정수리에 P.A를 꽂은 이들을 조롱하는 단어가 되었다.

"뭐? 대가리에 짝대기? 텔레토비?"

"그래. 텔레토비. 텔레토비 몰라? 당신이랑 똑같이 생겼는데."

"이 사람이 보자보자 하니까!"

이때 누군가 나의 앞을 가로막고 섰다. 점장님이었다.

"무슨 문제라도 있으신가요?"

점장님이 무스탕 아줌마에게 물었다.

"당신은 또 뭐야?"

무스탕 아줌마가 점장님에게 삿대질을 하며 물었다.

"여기 대리점 점장입니다. 무슨 문제라도 있으신가요?"

점장님은 나지막하지만 또박또박한 투로 물었다. 매장의 직원들과 손님들은 숨을 죽인 채 점장님을 바라봤다. 점장님의 물음에 당황한 기색을 보이는 그녀였다.

"여기는 직원 교육 안 시켜요? 소리가 안 들려서 찾아온 사람한테, 뭐? 귀때기가 장식인 년? 그리고, 뭐? 텔레토비?"

점장님의 입은 빙그레 웃고 있었지만 그의 눈빛은 무스탕 아줌마의 선글라스를 관통할 기세였다.

"잘 들리시는 것 같은데요?"
"네?"

일순간 점장님은 입가의 미소를 거두며 대답했다.

"잘 들리시는 것 같다고 말씀드렸습니다."
"아니 잘 들리고 안 들리고는 내가 판단하는 거지!"
"지금 제가 작게 말하고 있는데 잘 들리시는 것 같은데요."
"뭐?"
"그리고 방금 저희 직원이 한 말도 잘 들으신 것 같은데요?"
"뭐?"

점장님은 무표정하게 내가 무스탕 아줌마에게 했던 말들을 나열
하기 시작했다.

"귀때기는 장식인 년, 대가리에 짝대기, 텔레토비."

점점 더 표정이 굳어지는 무스탕 아줌마.

"지금 뭐하자는…."

점장님이 무스탕 아줌마의 말허리를 자르며 물었다.

"당신은 뭐 하자는 건데? 도대체 원하는 게 뭡니까?"
"뭐?"

점장님은 언성을 높이며 소리치기 시작했다.

"안 들려? 글로 써 줘? 도대체 원하는 게 뭐냐고. 교환이랑 환불은 안 된다고 아까 직원이 설명 다 한 것 같은데."
"왜 반말이야?"
"당신은 왜 반말이야? 소리 못 듣는 게 벼슬이야? 아니면 나이가 많은 게 벼슬이야? 그것도 아니면 돈이 많은 게 벼슬이야? 아니지. 꼴랑 200만 원짜리 P.A 쓰는 데 돈이 많은 것 같지는 않고. 그런데 왜 반말을 해? 저 친구 알아?"
"지금 뭐야? 해 보자는 거야?"
"하기는 무엇을 해. 당신은 뭐 하는 거야? 도대체 원하는 게 뭐야? 소리가 듣기 싫은 거야? 그럼 그냥 그 대가리에 짝대기 버리면 되지. 왜 여기서 진상이야!"

점장님이 무스탕 아줌마의 기세를 꺾으려 두 손을 허리에 힘차게 얹자 머리 위의 빨간 P.A가 흔들렸다. 띠용. 띠용이라는 말이 웃기게 들릴 수도 있지만 정말이지 진지하고 위엄 있는 띠용이었다. 무스탕 아줌마는 점장님의 기세에 눌려 입술을 만 채 시선을 가만히 두지 못했다.

"단돈 200만 원에 다시 소리를 들을 수 있음에 감사하면서 사세요."

무스탕 아줌마는 급하게 핸드백을 들고 매장을 벗어났다.

"텔레토비가 어디서 사람인 척을 하고 있어!"

위풍당당한 자세로 매장 입구를 바라보는 점장님에게 박수가 쏟아졌고, 이어 그의 머리 위에 반듯하게 서 있는 빨간 P.A가 매장에 스며 들어온 태양광을 받아 영롱하게 빛나고 있었다.

3.

"그러니까 이게 병이 아니라는 거지?"

점장님이 소주잔을 털며 되물었다.

"네. 제가 어디서 들었는데. 전염병이 아니고 사고라고..."
"무슨 사고?"

주석이 형은 점장님의 물음에 대답하기를 망설이며 주변의 눈치를 살피기 시작했다.

"이게 여기서 드릴 말씀은 아닌 것 같은데..."

잔을 채우고 있던 점장님이 술 줄기의 흐름을 끊고 주석이 형을 가만히 바라보기 시작했다. 자리에 있던 매장의 동료들은 숨을 죽였다.

"그럼. 어디서 들어야 하는 말인데?"

점장님의 눈동자에 흔들림이라고는 없이, 주석이 형의 시선을 짓누르는 눈빛으로 노려보며 물었다. 주석이 형은 이에 기죽어 턱을 조아렸다.

"네가 알고 있는 거, 다 말해 봐. 가려서 들을 테니까."
"여기 다른 직원들도...."
"왜? 다른 사람들은 알면 안 되는 거야? 너 우리 직원들, 여기 사람들 무시하는 거야?"

점장님의 빨간색 P.A가 다시 띠웅, 흔들렸다. 기세에 눌린 주석이 형이 입을 열기 시작했다.

"그러니까 그게...."

주석이 형의 말은 이랬다. 형이 얼마 전 청음 그룹 본사로 팀장 워크숍을 갔을 때, 비데가 설치되어 있는 화장실을 찾아다니다가 (참고로 주석이 형은 비데가 없는 변기에서 일을 보지 못한다.) 사옥 건물의 여기저기를 돌아다니다가 42층, 정상 바로 아래층까지 갔다고 털어놓았다. 1층에서 42층까지 비데를 찾아 떠난 고된 여정이었다고도 털어놓았다. 보통 사람이면 포기할 법도 한데 대단하다는 생각이 들었다. 하여튼 42층이 고위 임원들, 그러니까 전무나 상무쯤 되는 사람들이 쓰는 층인데 그 층의 화장실에는 비데가 있었기에 옳다구나 들어갔다고 했다. 비데도 계급의 상징인가, 가만히 생각하니 기분이 나빴다는 말을 덧붙였다. 기분이 나쁜 것도 잠시 비데가 있는 42층 화장실에서 거대한 고충을 변기로 쏟아 내는 동안, 임원들의 이야기를 엿듣게 되었다는 것이다. 그 임원들이 소변을 보는 것인지 손을 씻는 것인지는 알 수 없었다고 덧붙였다. 손을 씻는 것이라면 세면대의 수압이 약한 것이라 말했고, 소변을 보는 것이라면 좋은 것만 먹고 살아 요속이 남달랐다고 표현했다. 진실은 어딘가에 있겠노라. 세상사 진실은 검은색도 흰색도 아니오, 회색이라 할 수 있는 색의 언저리 어딘가에 있으니. 여하튼 임원으로 여겨질 법한 사람, A라 하겠다. 내가 A라고 하는 것이 아니라 주석이 형이 A라고 한 것이다. A가 말하길.

"이 사실이 알려지면 사람들이 가만히 있겠어?"

그러자 B가, A가 있으면 B가 등장하는 것은 인지상정이니 B라고 하겠다. 여하튼 B가.

"모른 척해. 아직 아무도 몰라."
"뭘 아무도 몰라. 우리 그룹 임원들이 다 아는데!"

별안간 A가 화를 냈다.

"우리 말고 아무도 모른다고!"

A를 따라 B도 화를 냈다.

"그걸 형이 어떻게 장담해? 가족한테 말할 수도 있고."
"가족이라고 다 말해? 야, 너 가족한테 다 말해?"
"뭘?"
"너 어제 논현동에 미스 김이랑!"
"미스 김이랑 뭐!"
"그런 거 다 말하냐고!"
"어떻게 말해!"
"그런 거야!"
"뭐가 그런 거야!"
"그런 거라고!"
"아니, 도대체 뭐가 그런 거냐고!"

A와 B의 대화는 이런 식으로 이어졌다고 한다. '그런 거라고!' 와, '뭐가 그런 거냐고!'의 반복. 주석이 형은 혀를 차고 싶었지만, 인기척을 내면 안 될 것 같아 참았다고 했다. 그리고 A와 B가 마주한 두 물줄기 소리가 사그라들었다고 했다. 여기까지 듣고, 점장님을 비롯한 다른 직원들이 주석이 형을 나무랐다. 주석이 형은 소주한 잔을 들이키더니, 눈을 질끈 감고 말했다.

"TV!"
"뭐?"

점장님이 신경질적으로 되묻자 주석이 형도 이에 질세라 더 크게 외쳤다.

"TV요!"
"무슨 TV!"
"TV 때문이라고요!"
"뭐가 TV 때문이냐고!"
"UHL이요! 이거 다 TV 때문이래요!"

술집 안을 가득 채우고 있던, 모든 손님들의 넋두리가 멈추고 일순간 정적이 흘렀다. 마치 우주 공간처럼. 술집 안은 온통 고요에 사로잡혔다.

"T... V?"

"그거 있잖아요! 파인테라! 띵크전자에서 나온 거요!"

"그 엄청 비싼 TV?"

주석이 형은 흥분을 가라앉히고 차근히 설명을 하기 시작했다. 형의 말에 따르면 UHL의 원인이 몇 년 전에 등장한 신형 TV '파인테라' 때문이며, 이 '파인테라'에 내재되어 있는, 초저음을 내는 스피커가 사람의 귀와 뇌를 자극해 귀를 멀게 한다고 말했다.

"너 그 말 책임질 수 있어?"

점장님의 빨간 P.A가 오른쪽으로 살짝 기울어졌다.

"이게 사실인지는 모르지만, 임원들이 그렇게 말했으니까. 맞겠죠."

점장님의 빨간 P.A가 맞은편에 앉아 있는 나를 향해 기울어졌다. 그리고는 다시 벌떡 일어섰다. 점장님은 잔에 술을 가득 채우고는 신경질적으로 들이켰다. 그리고는 잠시 아무 말 없이 빈 잔을 바라보았다. 점장님의 시선을 따라 자리에 함께 있던 모두가 점장님 앞의 빈 잔을 바라보았다.

"이런 개같은."

점장님은 나지막한, 하지만 날이 선 한마디가 지나가자 모두 그를 바라보았다.

4.

　보름이 지났다. 점장님의 결근이 보름이 지났다. 결근 첫날, 모두가 점장님을 걱정했다. 가타부타 말 없는 결근인지라 모두가 당황을 했지만, 반나절이 지나며 당황은 곧 걱정으로 변했다. 걱정이 얼마나 지났을까. 사흘. 사흘이었던 것 같다. 나흘을 맞았을 때 그에 대한 걱정은 곧 무책임함에 대한 질타로 변했다. 이것은 세상의 진리이다. 그가 싸늘한 주검으로 돌아오지 않는 이상, 일터의 동료들은 그의 일을 대신해 처리하는 것에 반감을 갖기 시작한다. 이런 진리는 군대에서 겪을 수 있다. 생활관 안의 병사 한 명이 다치면 사흘 간은 걱정을 하지만, 나흘이 지나면 다친 병사에게 생활관 다른 병사들의 걱정 어린 눈은 아니꼽게 변하는 것을 쉽사리 목격할 수 있다. 누군가 그 대신 삽질을 해야 하며, 누군가는 그 대신 쓰레기를 처리해야 했으며, 누군가는 그 대신 더 많은 뜀박질을 요구받기 때문이다. 환자에게 세상의 동정은 딱 사흘이 유통 기한이다. 이런 이치로 우리 매장 안에서 점장님에 대한 걱정 어린 말들과 행동의 유통 기한은 사흘의 수명을 다했다. 점장님에게 무슨 일이 생겼는지보다, 당장 자신의 과업이 늘어난 것이 더 크게 다가오는 게 인간의 심성이기 때문이다. 걱정이라는 유통 기한이 지나면 찾아오는 제2의 시간은 소멸의 시간이다. 1회용품들이 썩어서 사라지는 시간이 있다. 유리의 경우 4000년 이상이 걸리며, 스티로폼과 알루미늄 캔은 500년 이상, 일회용 기저귀는 100년 이상, 플라스틱 용기는 80년이 걸리며, 일회용 컵, 나무젓가락, 이쑤시개는 20년이 걸린다. 점장님의 존재감이 사라지는 데에는 대략 2주가 걸렸다. 처음 1주 동안은 서서히 잊히더니, 주말이 지난 이후부터 급속도로 사라져, 언급조차 되지 않았다. 그렇다. 점장님의 존재감은 이쑤시개만도 못한 것이었다. 그럼 무엇보다 존재감이 나았을까. 가장 빠르게 사라진다는 종이도 썩어 사라지는 데 적게는 2개월, 많게는 5개월이 걸린다. 사람들의 머릿속에 한 사람이 소멸하는 것이 가장 빠른 듯하다.

언젠가 나도 이렇게 소멸할 것이다.

이렇게 모두가 그를 함구하니 그가 있었는가, 하는 착각이 들 정도였다. 가만히 자리에 앉아 매장 밖 세상을 보며 이런 생각에 잠기는 찰나, 주석이 형이 다가왔다.

"소름 돋지 않냐?"

주석이 형이 조심스레 물었다.

"뭐가요?"

"어떻게 이렇게 아무 일도 없었던 것처럼 있냐고. 사람이 사라졌는데."

"그러게요."

주석이 형은 내게 조용히 휴대폰 속 사진 하나를 보여 주었다. 사진 속에는 거대한 플래카드를 들고 서 있는 한 남자가 담겨 있었다. 자세히 보니 점장님이었다. 점장님 머리 위의 빨간 P.A는 보이지 않았다.

"어?"

주석이 형은 검지로 입술 앞에 세우며 조용히 하라는 제스처를 취했다. 그의 제스처에 수긍하며 조용히 그에게 물었다.

"여기 어디에요?"

"본사."

"점장님이 왜 본사에..."

주석이 형은 엄지와 검지를 오므렸다 펼치며 휴대폰 속 사진을 확대해 플래카드 속 문구를 보여 주었다.

'청음 그룹은 UHL의 진실을 알고 있다.'

주석이 형은 다시 엄지와 검지를 오므렸다 펼치며 사진을 더 확대해 플래카드 속 작은 글씨들을 보여 주었다.

'저는 청음 그룹에서 생산하는 P.A의 판매 대리점 점장입니다. 청음 그룹은 사람들이 청력을 잃는 이유를 알면서 숨기고 있습니다. UHL의 원인은 띵크전자의 신형 TV인 파인테라 때문이며, 파인테라 속 초저음을 내는 장치로 청력을 잃게 되는 것입니다. 청음 그룹은 이 사실을 함구하고 있음을 밝혀야 하며, 띵크전자 또한 파인테라의 결함을 고백하기를 바랍니다.'

"왜 이 사진을 이제야...."

나는 주석이 형을 바라보았다. 주석이 형은 안타까움이 잔뜩 묻어 있는 표정으로 검지로 휴대폰 화면을 좌로 밀며 다음 사진을 보여 주었다. 다음 사진 속 장면은 영화나 드라마에서나 보던 장면이었다. 다음 사진 속에서 점장님에게 다가가는 검은 옷에 검은 마스크, 검은 모자를 눌러쓴 사람들이 보였으며, 이 다음 사진 속에서는 검은 사내들에게 끌려가는 점장님의 모습이 보였다.

"이게 언제예요? 이거 형이 찍은 거예요?"

주석이 형을 쏘아보며 물었다. 주석이 형은 고개를 끄덕였다.

"그 다음 날."

"네?"

"우리 회식 다음 날이야."

"그럼 그날 형한테 본사에서 있었던 일을 듣고 바로...."

주석이 형은 다시 고개를 끄덕였다.

"형이 찍은 거예요?"

끄덕.

"왜 가만히 계셨어요?"

"워낙 순식간에 벌어진 일인지라 어쩔 수가 없었어."

"형은 여기에 왜 가셨어요?"

"왜 가기는... 점장님 표정이 이상해서 미행했지. 혹시나 했는데 역시나..."

주석이 형은 잠시 먼 산을 바라보다 넌지시 내게 물었다.

"점장님한테 연락받은 거 없지?"

"네."

"그래."

주석이 형은 나의 어깨를 토닥이더니 자리에서 벗어났다. 주석이 형의 뒷모습을 바라보는데 마음의 모서리, 그 어딘가에서부터 묘한 긴장감이 일기 시작했고 이 긴장감은 이내 심장으로 와 나의 심박수를 높이기 위해 안간힘을 쓰기 시작했다. 이 긴장감의 시작점은 점장님이 결근을 하기 시작한 날, 아침 일찍 들어온 점장님의 문자메시지 때문이었다.

'무슨 일이 벌어지더라도 가만히 있어. 내가 알아서 할게.'

그 메시지를 받은 이후부터 줄곧 나는 가만히 있었다. 모두가 점장님 걱정을 할 때에도, 속으로 걱정을 했지만 그들의 걱정을 거들지 않았고, 출근하지 않는 점장님을 모두가 욕할 때에도 나는 그의 지시대로 가만히 있었으며, 모두에게서 그의 존재 사실이 잊힐 때에도 나는 여전히 가만히 있었다. 사실 나는 그가 가만히 있으라는 문자 메시지를 보내지 않았어도, 그랬어도 나는 가만히 있었을 것이다. 가만히 있어야 살아남을 수 있다는 사실을 직감하고 있었다기보다, 나는 가만히 있는 것 밖에 할 수 없는 사람이라는 것을 스스로 잘 알았기 때문이다.

주변을 둘러보았다. 주석이 형은 손님을 응대하고 있었고, 다른 직원들은 매대를 정리하고 있거나, 전산 업무를 보고 있었으며, 또 누군가는 고객인지 누구인지 모를 사람과 통화를 하며 연신 굽신거리고 있었다. 전화를 받으며 굽신거리다니.

모두 가만히 있는 것 밖에는 할 수 없는 사람들이었다.

5.

　뉴스 속 대통령의 금색 P.A가 반짝거리는 것이 눈에 들어왔다. 대통령이 하는 말은 귀에 들어오지 않고, 그의 머리 위 금색 P.A만 눈에 들어왔다. 청음그룹의 총수의 머리 위에 꽂혀 있던 P.A와 같은 P.A였다. 뉴스의 앵글이 천천히 돌더니 대통령 옆에 앉아 있는 영부인을 비췄다. 영부인 머리 위의 P.A가, 금색 P.A가 눈에 들어왔다. 영부인이 무슨 말을 하는 것 같은데 역시나 무슨 말을 하는지 관심이 가지 않았고, 오롯이 영부인 정수리에 꽂혀 있는 금색 P.A만 눈에 들어왔다. 분명 금색 P.A는 출시되지 않은 것으로 알고 있는데 어떻게 저 사람들은 금색 P.A를 하고 있을까. 금색 P.A를 정수리에 꽂고 있던 사람은 대통령과 영부인만이 아니었다. 국무총리, 경제부총리, 경제수석, 민정수석, 금융감독위원장를 비롯한 각 부처 장관들 머리 위에서도 P.A는 금빛의 자태를 뽐냈다. 다음 뉴스는 국회의 모습이었다. 국회의 거대 정당인 두 당의 대표들을 비롯해서 그들의 옆에서 누런 이를 보이며 웃고 있는 국회의원 몇 사람의 머리 위에도 금색 P.A가 있었다. 어디 이뿐이랴. 국회의원 대부분의 머리 위에는 금색 P.A만 아닐 뿐 청음 그룹에서 판매 유통되는 고가의 P.A가 반듯하게 꽂혀 있었다. 아울러 뉴스의 시작부터 끝까지. 모든 사건과 사고에 등장하는 모든 사람의 머리 위에는 P.A가 있었다. 정치는 물론이고, 군대 관련 뉴스, 장교, 부사관은 물론이고 병사들까지 영락없이 P.A가 있었으며, 교통사고 현장에서도, 화재 현장에서도 모두 P.A를 하고 있었다. 뉴스에서 시선을 거두고 매장 밖을 바라보았다. 매장 밖 모든 사람의 머리 위에서 P.A는 빛나고 있었다. 시선을 거두고 테이블 위에 놓인 거울 속 나의 모습을 바라보았다. 나의 머리 위에만 P.A가 없었다. 이유는 단하나. 귀가 멀쩡하기 때문에. 흔히들 말하는 '맨솔'이기 때문에. 나를 제외하고 모든 사람이 UHL에 걸렸나? 라는 의문이 들기 시작했다.

"빨간 옷에 빨간 P.A를 하니까 예쁘던데."

주석이 형과 상담 중인 손님이 말했다.

"빨간색 P.A로 보여드릴까요?"
"네, 얼마 전에 빨간색 코트를 샀거든요. 거기에 깔맞춤으로 하면 예쁠 것 같아요."
"하긴 요즘 옷이랑 P.A랑 깔맞춤하는 것이 유행이죠. 금방 보여드리겠습니다."

주석이 형은 창고로 들어갔다.

그렇다. P.A가 세상에 처음 모습을 보였을 때는 소리를 듣기 위해 고액을 주고 P.A를 샀다면, 현재는 패션의 일부로 자리매김이 되었다. 이에 따라 P.A를 종류별로 사 모으는 사람들까지 등장했으며, 새 P.A를 SNS에 올려 뽐내는 것도 하나의 유행이 되었다. 이런 유행도 부유한 사람들에게만 허락된 것. 이런 세태는 저렴한 P.A를 가진 남성들에게 연애의 장벽을 더 높인 결과를 초래했으며, 이는 곧 P.A의 종류에 따른 사회적 신분 구분을 더욱 공고히 하는 현상을 낳았다. 이러한 상황에 무리하게 대출을 받아 고가의 P.A를 사는 젊은 층을 일컫는 'P.A 푸어'가 등장했고, 학생들의 부모님들에게는 새로운 '등골브레이커'가 되어 학생이 부모에게 고가의 P.A를 사달라는 광경을 심심치 않게 목격했다. 심지어 청력을 되찾아주는, P.A의 기능이 없고 외관만 P.A인 짝퉁까지 등장을 하고 있다. 웃기는 일이다. 이런 현상이 벌어지는 세태 속에서 내게 가장 큰 두려움을 준 것은 세상의 반응이었다. P.A가 등장하기 전의 상황을 돌이켜 보면, 명품 옷과 시계, 일반적인 월급쟁이의 봉급으로는 감당할 수 없는 비싼 외제차를 무리하게 구매하는 청년들과 청소년들에게 따가운 시선을 주었던 우리 사회인데, P.A에 대해서는 시비를 걸지 않는 것이었다. P.A가 생활필수품이 되어서 그런 것일까. 하지만 P.A의 기능은 단순히 UHL로 인해 청력을 잃은 사람들에게 다시 소리를 들을 수 있게 하는 것이 전부이다. 고로 UHL 피해자가 아닌, 여전히 소리를 들을 수 있는 사람들까지 청력을 잃은 척하며 보란 듯이 정수리에 P.A를 꽂아 두었다. 적어도 이런 현상에 대해서 우리 사회는, 우리 사회 전체가 아닐지라도 이에 문제의식을 가진 사람들이라면 으레, 으레가 아닐지라도 몇몇은 쯧쯧 혀를 차야 하는 것이 아닌가, 하는 생각이 들었다. 허나 이런 생각은 생각에 지나지 않을 뿐. 세계인이 텔레토비로 변해 가는 동안 세상의 모든 것은 높아져만 갔다. 건물 한 층의 높이 규격도 높아지고, 승용차는 물론이고 버스들의 천고도 높아졌다. 세상은 진지한 얼굴로 높아져만 갔지만, 여전히 소리를 들을 수 있는 나로서는 모든 것이 코미디로 다가왔다. 웃지 못할 코미디.

웃지 못할 코미디가 반복되며 인류는 소리를 들을 수 없는 사람들과 소리를 들을 수 없는 척하는 사람들로 완벽하게 나뉘어 가고 있었다.

"너는 언제까지 들을 수 있는 척하면서 살 거야?"

주석이 형이 담배 연기를 길게 내뿜으며 물었다.

"형, 저는 들을 수 있는 척하는 것이 아니라 들려요."
"솔직히 부럽지 않냐?"
"뭐가요?"
"소리를 못 듣는 거 말이야."
"아니요."
"나는 부러웠다. 잘사는 사람들만 못 듣는 거라고 하니까 이게 그렇게 부럽더라고. 부러우면 지는 거라고 하던데, 나는 제대로 패배했어."

주석이 형 머리 위의 P.A가 바닥을 향해 기울어졌다.

주석이 형이 내게만 고백하기를 자신도 '맨솔'이라고 터놓았다. 그리고는 가난했던 지난 날을 되짚으며 가난해서 아직 소리를 들을 수 있는 것이라고 덧붙여 말했다. 가난한 자신을 숨기기 위해 P.A 를 하고 있다고.

"의성아."
"네, 형."
"가난이 죄는 아니지만, 나는 그래. 가난은 장애 같아."

주석이 형이 무릎을 털고는 짧게 앓는 소리를 내며 일어났다.

"오늘이 내가 마지막을 맨 귀로 소리를 듣는 날이 될 거야."
"형...."
"이따가 퇴근하고 강남에 디지털랜드 다녀오려고."
"거기는 왜요?"
"거기에 '파인테라'가 전시되어 있다고 하더라."
"형, 무슨 생각하시는 거예요?"

주석이 형은 말없이 매장 안으로 들어가 손님을 응대했다.

근무하는 내내 주석이 형을 응시했다. 형은 평소와 다를 것 없이

P.A를 팔았고, 서류를 정리하였으며, 매장 내 청결을 유지하는 것을 게을리하지 않았다. 하루 내내 형을 지켜보며 느낀 이상한 것이라고는 말투가 평소보다 까칠했다는 것과 걸음이나 손짓에 힘이 빠져 있었다는 것이었다. 어디선가 봄직한 인상. 작년에 입대한 친구의 입소 전날 인상. 산발적으로 피어나는 우울함, 무기력함. 군대에 입대하는 것과 청력을 잃는 것이 비교 대상이 될 수 있을까. 그럼 수술을 앞둔 환자와 같을까. 이것 또한 비교 대상이 되기 어렵다는 생각이 든다. 수술을 앞둔 것은 생과 사의 문턱에 서는 것인데, 청력을 잃는 것이 수술을 앞둔 환자와 비교될 수 있을까. 그렇다. 청력을 잃는 것은 단순히 청력을 잃는 것이다. 고로 무엇과 비교를 하지 말자는 생각이 들었다. 하지만 맨 귀로 듣는 소리의 세계, 주석이 형이 지금까지 맨 귀로 경험했던 모든 것을 다시금 경험할 수 없다는 두려움이 한몫을 했을 것이다.

일과가 끝나갈 즈음 주석이 형에게 다가갔다.

"형."
"왜?"
"안 가면 안 되요?"
"어딜?"
"거기요."
"거기 어디?"
"형 UHL 걸리려고 갈 거잖아요."

잠시 고민에 빠지는 주석이 형.

"왜?"
"네?"
"왜 UHL에 걸리면 안 돼?"
"그건..."
"의성아."

형은 나의 눈을 빤히 바라보고는 알 수 없는 미소를 지었다.

"너도 부럽잖아."
"네?"
"너도 저 텔레토비들이 부럽잖아."

눈으로는 미소를 짓고 있지만 형의 콧잔등 아래로는 진지함이 묻어 있는 말이었다. 그리고는 세상의 이치에 통달한 선각자와 같은 표정으로 한 가지 제안을 했다.

"같이 갈래?"

나는 형의 물음에 말을 잇지 못했다. 선각자의 표정을 짓고 있는 주석이 형을 바라보고 있자니, 오래전 내게 담배를 처음으로 건네주었던 동네 형의 얼굴이 떠올랐다.

그리고 나도 모르게.

"선호 형."

그의 이름을 작게 불렀다.

"뭐? 누구?"

선호 형. 선호 형은 동네 놀이터를 주름잡으며 동네 우리 또래 아이들의 대장이자, 우상이었던 형이었다. 그 형이 우리의 우상이 되었던 것은 초등학교 시절의 이야기인데, 나보다 한 살 위였던 선호 형은 어린 아이들에게서는 볼 수 없었던 침착함과 함께 어른의 말씨를 닮아 있었으며 무엇보다 나쁜 행동을 함에 있어서, 가령 문구점에서 아이스크림을 훔치거나, 다른 동네 패거리와 시비가 붙었을 적, 오른팔을 뻗어 선빵을 날리는 데 망설임이 없었다. 이런 이유에서 인지 선호 형은 싸움에서 지는 법이라곤 없었다. 하기사 꼬마들이 만든 그 시절 무림의 세계에서 제대로 된 선빵 하나가 공중 부양이나 장풍 정도의 경이로운 경지와 결을 같이 하는 터였다. 고로 먼저 치는 놈이 실력의 자웅을 가르는 척도가 되기 일쑤였다. 이러한 꼬마들의 무림 세계의 질서를 통달한 인물이 정선호라는 인물이었고 성숙하지 못한 시절, 이런 인물은 또래의 우상으로서 쉽사리 떠오르기 망정이었다. 이런 선호 형의 별명은 시라소니였는데, 어린 나이에 무엇을 안다고 그 옛날, 때는 일제강점기, 종로를 주름잡

앉던 싸움꾼 김두한이 기세에 눌려 한 수 접었다는 북방의 싸움꾼 이성순의 별명의 대를 선호 형이 이었다. 어쩌면 모든 사내들의 가슴 속에 김두한과 시라소니가 자리를 잡는 시기가 초등학교 때부터가 아닌가 하는 생각이 든다. 이랬던 선호 형에게 담배를 권유 받았던 것은 초등학교 5학년 때.

"담배를 피워야 어른이 되는 것이다."

내게 넌지시 담배를 건네며 지었던 선호 형의 표정을 지금의 주석이 형이 짓고 있었다.

"이 사회에서는 귀가 멀어야 사람 대우를 받을 수 있어."

나는 왜 상대가 선각자의 표정을 지을 때 거절을 할 수 없는 것인가.

"같이 가요."

6.

지하철 안에서 계속 시선을 끄는 것은 승객의 머리 위에서 흔들리는 다양한 색상의 P.A였다. 역 하나에 멈춰 사람들이 내리고 오르기를 할 때마다 맞은편 창가에 비친 나의 모습이 눈에 들어왔다. 정수리에 아무것도 없는 나의 모습이었다. 의식적으로 정수리가 휑한 나의 모습을 보지 않으려 노력했지만 지하철 안에는 이런 내 모습을 비추는 사물들이 즐비했다. 좌석의 손잡이에서도 정수리가 썰렁한 나의 모습이 보였고, 주석이 형이 들고 다니는 가방의 장식인 쇠붙이에서도 나의 모습이 보였으며, 내 앞에서 배를 내밀고 서 있는 아저씨의 구두에서 나의 모습이 보였다. 에라 모르겠다, 차라리 보지 말자, 눈을 감고 있노라니 정수리에 P.A가 없는 나의 모습을 안타깝게 바라볼 다른 승객들의 시선이 신경 쓰여 눈을 감을 수도 없었다. 물론 다른 사람들은 머리 위에 아무것도 없는 내게 아무 관심을 갖지 않을 수도 있다. 그리고 지금껏 위축되었던 나의 마음이 스스로를 더욱 보잘것없는 존재로 인식하는 것일 수도 있다. 하지만 감은 눈을 떴을 때. 혹시나 했던 사람들의 시선이 실제로 벌어진다면, 이를 감당할 수 없는 것이 나라는 인간임을 누구보다 잘 알았다.

어느덧 지하철은 한강을 건넜고, 이어 디지털랜드 역에 이르렀다. 지하철에서 내려 계단을 오르며 심박수가 오르는 것이 느껴졌다. 다리는 떨리다 못해 힘이 축축 빠졌고, 속에 쌓인 작은 공포들이 큰 공포가 되어 숨으로 새어 나왔다. 떨리는 한숨. 주석이 형은 이 기분을 하루 동안, 어쩌면 UHL에 걸려야겠다는 다짐을 한 이후부터 계속 느껴왔을 것이다. 형도 잔뜩 긴장한 듯 떨리는 숨을 참지 못했다. 평소였으면 금방 빠져나왔을 지하철역인데 한참이 걸렸다. 역에서 나오니 곧바로 디지털랜드가 보였다. 건물은 통유리로 되어 있는 건물이었는데 건물 입구가 있는 유리면의 4분의 1에 걸쳐 '파인테라' 전시를 홍보하는 화려한 현수막이 걸려 있었다. 거대한 현수막에서 시선을 떼고는 이어 통유리 너머 매장 안을 멀찍이서 훑어보았다. 이 안에서 '파인테라'를 찾는 것은 오래 걸리지 않았다. 이유는 단순했다. '파인테라' 앞에 유독 사람들이 많이 몰려 있었기 때문이었다.

"저 사람들도 우리랑 같은 목적으로 왔겠지?"

주석이 형이 말했다. 성급한 일반화의 오류.

"설마요."

나는 형이 말한 오류를 '설마'라는 말로 적당히 지적하며 다시 안을 살폈다. '파인테라' 앞의 사람들 중 P.A가 없는 몇 사람이 눈에 들어왔다. 주석이 형의 말이 맞을 수도 있겠다는 생각이 들었다.

"들어가자."

디지털랜드 매장에 들어서니 말끔하게 정장으로 차려입은 직원 두 명이 우리를 맞이했다. P.A가 손님을 찌를까, 고개를 숙이기 전에 한걸음 정도 뒷걸음을 쳤다. P.A가 상용화되며 생긴 인사 문화였다.

'그래, 내 청력을 잃기 위해 왔는데 이 정도 에스코트는 받아야지.'

"찾으시는 제품 있으세요?"
"파인... 테라요."

주석이 형이 조심스레 대답했다. 두 직원은 고개를 들더니 나를 바라보았다. 나를 바라보았다기 보다, 기분 탓일 수도 있겠지만, 나의 머리 위를 힐끔 보았다. 나는 알 수 없는 부끄러움에 고개를 숙였다. 이내 나의 뺨이 붉어지고 있음을 직감했다.

한 직원이 '파인테라'가 있는 곳을 향해 손을 뻗었고, 그 손을 따라 우리의 시선도 던져졌다.

'파인테라'에서는 뉴스가 진행되고 있었는데, 뉴스의 프로그램 중 유명인과의 인터뷰를 진행하는 코너가 방영되고 있었다. 그곳을 바라보고 있자니 사냥에 실패한 치타의 심장이 이렇겠구나 할 정도로 심장이 뛰었고, 죽음을 앞둔 사형수의 마지막 걸음과 같이 다리가 더 후들후들 떨리기 시작했다. 주석이 형은 어떤 생각을 떨쳐 내려는 듯 헛기침을 하더니 '파인테라'가 있는 곳을 향했다. 나도 형의 뒤를 따랐다. 때마침 '파인테라' 앞에 앉아 있던 일가족이 엉덩이를 털고 일어났다. 이 가족의 구성원으로 보이는 교복을 입은 학생이 눈에 들어왔다. 학생의 정수리에는 P.A가 없었다. 찰나였지만 눈가가 벌겋고 촉촉한 학생의 눈을 보았다.

'청력을 잃었구나.'

일가족이 벗어난 '파인테라' 앞에는 파란색의 길쭉한 가죽 소파가 놓여 있었고, 나와 주석이 형은 긴장 가득한 마음으로 화면을 바라보았다. 뉴스의 앵커가 인터뷰를 하던 사람은 영화감독이었다. 영화감독 최한표.

네모반듯한 뿔테 안경과 2대8 가르마가 인상적인 앵커가 물었다.

"이번 영화 [택시 기사 김창영]은 무슨 내용인가요?"

최한표 감독은 앵커의 질문을 예상이라도 했다는 듯 여유로운 표정으로 대답을 했다.

"네, 이번 영화 [택시 기사 김창영]은 한 남자의 인생에 대한 이야기입니다. 굉장히 나이브한 사람이 굉장히 스펙타클한 사건을 만나서 굉장히 멜랑꼴리해지는 데… 결국에는 다시 나이브한 삶을 되찾아가는 내용입니다. 굉장히 리드미컬한 영화고 또 굉장히 스피디한 영화니까 억지로 재미있게 보려고 하지 않으셔도 재미있게 보실 영화입니다. 이번 영화 많이 사랑해 주세요."

앵커가 최한표 감독의 대답을 기반으로하여 다른 질문을 시작했다.

"택시 기사 김창영 씨라면 이화사거리에서 벌어졌던 비행기 추락 사고, 이브 사태의 영웅이자 이번 총선에 여당 비례대표로 선출된 김창영 의원이 맞습니까?"

"네. 맞습니다."

"한 사람의 인생을 영화로 제작을 하면서 어려웠던 지점들이 있었을 것 같은데요?"

"워낙 본받을 점이 많은 사람이자, 흠잡을 곳이 없는 좋은 어른인지라 그의 자전적인 이야기를 다루는 데 어려운 점은 없었습니다. 다만 이런 인물의 영웅적 면모가 세상에 알려지게 된 가장 큰 사건이 말씀하신 이브 사태였는데요. 비행기 추락을 다루는 블록버스터 장면이니만큼 구현하는 데 큰 어려움이 많았습니다."

"그 장면은 어떻게 촬영이 되었나요?"

"헐리우드에서 특수 효과를 담당하는 아티스트에서부터 픽사나 디즈니에서 그래픽디자인을 담당하는 분들을 섭외하고자 했지만 여건이 쉽지 않아, 자체적으로 해결을 하기 위해 노력을 했습니다."

"자체적으로요?"

"오래전에 영화 촬영을 할 때 많이 쓰셨던 기법인데, 실제 세트를 축소해서 모형으로 만들어 중요한 장면만 촬영하고, 중요한 장면 이후의 상황은 편집으로 연결하여 하나 된 장소에서 촬영을 한 것처럼 보여 주는 것입니다. 이런 기법을 구상하는 데 가장 큰 기여를 한 것이 심형래 감독님의 우주괴물 불괴리와 공룡 쮸쮸였습니다."

최한표 감독의 대답에 뉴스를 보는 나로서도 당황스럽고 황당한 대답이었지만, 앵커는 시종일관 침착한 표정으로 최한표 감독의 대답을 듣고, 질문을 했다. 하지만 이에 앵커가 되물은 질문을 아직 알지 못했다.

최한표 감독의 대답이 내가 맨 귀로 들은 마지막 말이었다. 우주괴물 불괴리와 공룡 쮸쮸. 이 두 단어는 내가 '맨솔'에서 벗어나기 전 마지막 단어였다.

온통 파란 뉴스의 스튜디오. 이 속에서 아무 소리 없이 입만 뻐끔거리기만 하는 앵커와 영화감독. 수족관의 풍경과 같았다.

나는 맨 귀로 들을 수 있는 모든 소리를 상실했다는 생각에 다양한 감정에 휩싸였다. 기쁨과 분노, 즐거운, 슬픔, 미움, 욕심. 아니다, 이보다 더 깊숙하게 스스로에게 스며드니 비루함, 회한, 당황, 경멸, 잔혹함, 멸시, 탄식, 후회, 치욕, 겁, 수치심 등. 아니다. 이렇게 이름 짓기도 모호한 그 어떤 감정들이 산발적으로 터져 나오기 시작했다.

스스로 주체할 수 없는 생각과 감정에 익사할 수도 있겠다는 두려움이 밀려오는 중 주석이 형을 바라보았다. 형은 여전히 화면을 바라보고 고개를 끄덕이며, 때로는 진지하게, 때로는 미소를 지으며 화면 속 물고기 두 마리의 대화를 경청하고 있었다. 형의 머리 위에서 빛나는 P.A가 제 기능을 하는 순간이었다.

나는 아무것도 들리지 않는 세계에 덩그러니 앉아 있었다. 더, 더 큰 세계를 향해, 정말이지 아무것도 들리지 않는 거대한 세계를 향해 걸어갔다. 매장의 유리문을 열고 벗어나 거리로 향했다. 어둠이 내려앉은 밤. 거리를 오가는 사람들의 머리 위로 형형색색의 안테나들이 도로의 네온사인, 건물에서부터 뻗어 나오는 빛, 가로등, 자동차의 헤드라이트의 빛을 반사하며, 마치 스스로 발광하는 듯 보였다. 어디선가 본 낯설고도 낯익은 풍경.

그래, 심해였다. 저 깊은 바닷속을 유영하는 심해어들. 그 기괴한 자태의 심해어들이 뻐끔거리는 심해의 중심에 나는 빠져 버렸다.

아쿠아리움

1판 1쇄 발행 2022년 12월 21일

지은이 이정수

편집 이혜리
마케팅 박가영   총괄 신선미

펴낸곳 (주)하움출판사   펴낸이 문현광

이메일 haum1000@naver.com   홈페이지 haum.kr
블로그 blog.naver.com/haum1007   인스타 @haum1007

ISBN 979-11-6440-271-7(03800)

※ 본 사업은 대전문화재단 에서 사업비 일부를 지원받았습니다